让女孩更完美的100个故事

彭凡 主编

每一个女孩
是一树的花开 是一径的清香
是爱 是暖 是希望 是人间的四月天

化学工业出版社

·北京·

图书在版编目（CIP）数据

让女孩更完美的100个故事/彭凡主编. —北京：
化学工业出版社，2019.10
　ISBN 978-7-122-35113-5

　Ⅰ.①让… Ⅱ.①彭… Ⅲ.①儿童故事-作品集-世界 Ⅳ.①I18

中国版本图书馆CIP数据核字（2019）第183943号

责任编辑：王思慧　马羚玮　　　　装帧设计：花朵朵图书工作室
责任校对：边　涛

出版发行：化学工业出版社（北京市东城区青年湖南街13号　邮政编码100011）
印　　装：天津画中画印刷有限公司
710mm×1000mm　1/16　印张13　字数150千字　2020年1月北京第1版第1次印刷

购书咨询：010-64518888　　　　　售后服务：010-64518899
网　　址：http://www.cip.com.cn
凡购买本书，如有缺损质量问题，本社销售中心负责调换。

定　价：35.00元　　　　　　　　　　　　　　　　版权所有　违者必究

目录 Contents

像白莲花一样优雅美丽 /2

请对她说"您好"	/4
野花也很美	/6
完美公主	/8
一杯红茶	/10
墙上的哭脸	/12
其实你很美	/14
当她不再是公主	/16

浓雾也迷人	/28
米拉和安琪儿	/30

像红玫瑰一样真挚热情 /18

骑摩托的老妇人	/20
花园美景	/22
推销热情	/24
和花儿说话	/26

像八月桂一样友爱善良 /32

谁喝错了粥	/34
十颗"宝石"	/36
金鱼的回报	/38
隔壁的琴声	/40
课桌里的蟑螂	/42
寻找小演员	/44
选择爱	/46
爱心别用来炫耀	/48

让女孩更完美的 100 个故事

目录
Contents

像仙客来一样纯真无邪 /50

山谷里的朋友	/52
我会这么做	/54
这不是我的	/56
钓蝴蝶	/58
像野猪一样	/60
我会死吗	/62
只不过停电了	/64

别让花儿枯萎	/74
凯特夫人的花园	/76
飞往前线的天使	/78
加上快乐那一分	/80
奇怪的法令	/82

像水仙花一样自尊自爱 /84

天使的记号	/86
珍贵的石头	/88
知道您是大明星	/90
驴子学狗	/92
失踪的十元钱	/94
爱挑刺的老人	/96
龅牙带来的好运	/98
只看到我有的	/100
这不是缺点	/102

像圣诞花一样幸福快乐 /66

幸福快乐藏在哪	/68
别为明天烦恼	/70
镜里镜外	/72

像矢车菊一样顽强不屈 /104

为木桶加点重量 /106
一切都在 /108
珍珠如何炼成 /110
势不可挡的音乐家 /112
当牛奶已经打翻 /114
石缝中的小草 /116
失去右腿的舞者 /118

要做哪一个 /124
争坐第一排 /126
天堂鸟 /128
上帝的孩子 /130
如果我是沙子 /132
遭遇18次拒绝后 /134
连衣裙的连锁反应 /136

像木棉花一样奋发向上 /120

最美的风景 /122

像杜鹃花一样质朴勤勉 /138

3000万次 /140
反过来试一试 /142
种子和金子 /144
小桃升职记 /146
勤奋的笨孩子 /148
不会飞的知了 /150

像满天星一样低调谦和 /152

　　假装错了　　　　　　　/154
　　向孩子道歉　　　　　　/156
　　谁吃过蓖麻籽　　　　　/158
　　衣架和扫帚　　　　　　/160
　　神奇的"轻功"　　　　/162
　　一次特别的对话　　　　/164
　　"识字"的老鼠　　　　/166

　　最幸运的客人　　　　　/176
　　那是谁的手　　　　　　/178
　　为爱留一扇门　　　　　/180
　　一件旧雨衣　　　　　　/182
　　知恩图报的狮子　　　　/184
　　一碗热汤面　　　　　　/186

像栀子花一样心怀感恩 /168

　　最后一片面包　　　　　/170
　　第一罐可乐　　　　　　/172
　　泥地里和石头上　　　　/174

像风信子一样珍爱生命 /188

　　永不凋零的树叶　　　　/190
　　别让花儿白白开放　　　/192
　　定格的笑脸　　　　　　/194
　　生命最后一分钟　　　　/196
　　瓶子里的鱼　　　　　　/198
　　将蜡烛点亮　　　　　　/200

一沙一世界，一花一天堂。

每一朵花儿，都有自己的芬芳；

每一个女孩，都有自己的光芒。

白莲花般的女孩，优雅而纯洁；

红玫瑰般的女孩，真挚而热情；

满天星般的女孩，低调而谦和；

矢车菊般的女孩，顽强而坚韧……

这些花儿，向着太阳生长，迎着暴雨怒放，

装点了一个又一个迷人的春天；

这些女孩，向着星空歌唱，迎着逆风奔跑，

谱写出一首又一首动人的歌谣。

姹紫嫣红，不为争奇斗艳，只为给春天添一抹颜色；

兰心蕙质，不为逞娇炫美，只为给世间增一缕芬芳。

100件花事，100瓣美梦，100个花一般的故事，

指引每一个女孩，像花儿一样，美丽绽放。

让女孩更完美的 100 个故事

像白莲花一样优雅美丽

花之说

　　传说，在遥远的天宫里，有一位美丽的仙女，名叫玉姬。她一直陪侍在王母娘娘身边，从未离开过天宫。

　　有一次，玉姬偶然间拨开云雾，看到人间繁华美丽，人们成双入对，过着男耕女织的生活，顿时心中充满向往。于是，趁王母娘娘不在的时候，她与河神的女儿一起偷偷下了凡。

　　她们穿过热闹的街道，来到风景秀丽的西湖。翡翠一般的湖水，倒映着蓝天白云，就像一幅宁静的风景画。玉姬与河神的女儿着了迷，忘情地跳入西湖嬉戏，一直到第二天天亮，都舍不得离去。

王母娘娘知道后，大动肝火，要知道，在天宫里，天条规定，神仙如果私自下凡，就会受到很重的惩罚，更何况是自己最贴身的侍女呢？

一怒之下，王母娘娘随手拿起自己坐着的莲花宝座，将玉姬打入西湖，罚她永远"陷在污泥里，永世不得再登南天"。

就这样，美丽的玉姬化作了洁白、优雅的莲花，坠入了西湖的淤泥中。

从那以后，天上少了一个愁苦的仙女，人间多了一种冰肌玉骨、出淤泥而不染的花儿。世人被她美丽的容貌、优雅的风姿所倾倒，为她写下了无数赞歌颂词，把她看作真善美的化身。

花之语
优雅、美丽

花之意
莲花，又叫荷花、水芙蓉，英文名为"lotus flower"，是佛教的圣花

白莲花一族
冰清玉洁
与生俱来的高贵
向往自由
自立、有主见
有一种出淤泥而不染的脱俗气质

请对她说"您好"

星期天,琳达跟着爸爸去姑妈家做客。琳达的姑妈是他们那儿最富有的人,她住在郊区的一栋别墅里,家里雇了好几个佣人。

一来到姑妈家,琳达就被房子前面的大游泳池吸引住了,于是她对姑妈说:"亲爱的姑妈,您能允许我在这里玩一会儿吗?"

姑妈笑着说:"当然可以,我的小宝贝!不过,我得让罗娜待在这儿,保证你的安全。你有什么需要,随时可以叫她。"

罗娜是姑妈家的女佣人,是个二十多岁的年轻姑娘。她听了姑妈的话,走到游泳池边,向小琳达礼貌地鞠了一躬。

琳达还从没受过这样的礼待,她突然间觉得自己像是高高在上的公主,便不自觉地扬起了头。

这会儿,姑妈和爸爸坐在不远处聊起了天,琳达蹲在水池边,有滋有味儿地玩着皮球。

一不小心,皮球掉进了游泳池里,琳达怎么够也够不着。这时,她转过头来,大声对一旁的罗娜说:"罗娜,快帮我把球捡起来。"

罗娜应声,赶紧蹲下来捡球。

这时,爸爸走了过来,一脸严肃地对琳达说:"你应该对罗娜说,'您好,请您帮我捡球。'明白吗?"

琳达不高兴地嘟起了嘴。姑妈赶紧走过来,劝说道:"对小孩子干吗这么认真呢?"

有了姑妈撑腰,琳达小声嘟哝道:"对嘛,对一个佣人干吗那么客气。"

爸爸皱着眉头,说:"不管对谁,你都应该有礼貌。一个不懂得礼节的人,将来也不会得到别人的尊重。"

听了爸爸的话,琳达羞愧地低下了头,她突然明白,自己刚刚的行为实在太失礼了。

花仙子彩笺

一个不懂礼貌,不懂得尊重他人的女孩,纵使她有着公主般的气质和先天的物质优势,她也得不到别人的尊重;相反,一个对谁都保持礼貌的女孩,即使她平凡普通,也能像公主一样优雅动人,被所有人爱戴。记住,懂礼貌讲文明,是一个优雅公主的必修课程。

心香一瓣

优雅的女孩就应该讲文明,懂礼貌,语言和行为都要彬彬有礼,学会使用"请""谢谢""你好""再见"等礼貌用语,绝不说脏话和粗话,尊重身边的每一个人。

野花也很美

学校要排一出话剧，楚楚扮演剧中的公主。几个星期下来，楚楚每天都认真练习台词，从不懈怠。可是，不管她私底下表现得多么出色，只要一站在舞台上，她就变得非常不自在，经常忘词出错。

这天，老师把楚楚叫到一边，对她说："楚楚，你虽然很出色，但似乎不太适合'公主'这个角色，我们这出话剧还需要一个旁白的角色，你愿意试试吗？"尽管老师的话非常委婉，楚楚还是觉得很不是滋味。

放学后，楚楚一回到家，就躲进房间，扑倒在床上，大声哭起来。在厨房做饭的妈妈闻声走了进来，一脸担心地问楚楚，发生了什么事。

楚楚抬起头，一边抽泣着，一边将白天发生的事告诉了妈妈。

妈妈听了，并没有对这件事发表任何评论，而是对楚楚说："孩子，你愿意陪妈妈去院子里走走吗？"

楚楚跟随妈妈来到院子里。只见

妈妈走到花坛边，弯下腰，将一株不知名的野花拔起，然后说道："我要把这些野花都拔光，这样就只剩下美丽的牡丹了。"

可是，楚楚不同意了，她拉住妈妈的手，制止道："不，妈妈，我觉得这些野花也很美。"

"是啊，你说得对，野花照样美丽，照样能得到别人的喜爱！"妈妈站起身来，微笑着点了点头，接着说，"人也是这样啊，不可能每个人都能成为引人注目的牡丹，但作为一朵不起眼的野花，也能发光发亮呀！"

听了妈妈的话，楚楚用力地点了点头。接下来，她知道自己该做什么了，她要做一个出色的旁白者，用自己的能力去完成一次精彩的表演。

花仙子彩笺

有一首歌儿唱道："野百合也有春天！"不管你多么渺小，多么平凡，只要你付出努力，将自己该做的事做到最好，你就是最棒的、最美的。世界上，并不是只有牡丹才高贵美丽，每一朵野花、每一棵野草都有它的态度和骄傲，都值得被欣赏。

心香一瓣

好好扮演自己的配角，既然别人能成为主角，那就有他成为主角的道理，要好好向他学习。另外，配角也不是那么容易做的，慢慢从配角的经验中吸取教训，虚心学习知识，这样，当有演主角的机会时，就不会手忙脚乱了！

完美公主

有一位美丽的公主,她有着花一样的容貌,花不完的财富,世间没有一个女子能及得上她。正因为这样,她每天高昂着头,不把一切放在眼里。

可实际上,公主并不开心,因为她没有一个朋友。她时常在想:像我这样高贵、优秀的姑娘,为什么得不到大家的喜爱呢?

一天,公主在花园里散步,看到一朵娇艳的玫瑰,它独自绽放着,似乎没有一朵花儿愿意接近它。公主触景生情,竟然伤心地哭了起来。

这时,一只蝴蝶飞来,停在她的肩膀上,关切地问道:"公主,公主,你为什么哭泣?"

公主一边抽泣,一边回答道:"我虽然拥有很多,却得不到别人的喜爱,这真是世界上最悲惨的事啊!"

"公主,你别哭,我有办法让你变得人见人爱。"蝴蝶说。

公主破涕为笑,激动地叫道:"你快说!"

蝴蝶又说:"你只要学会说三种话、做两件事、找到一颗心,就能心想事成。"

"你快说，三种话是什么话？"公主迫不及待地问。

蝴蝶说："它们是谦虚的话、真实的话、为别人着想的话！"

"那两件事呢？"公主又问。

蝴蝶说："两件事为慈善的事和正义的事。"

"一颗心又是什么？"公主最后问。

蝴蝶说："一颗心就是包容之心。"

公主听了蝴蝶的话，开始渐渐改变自己，练习说那三种话，做那两件事，时刻怀有包容之心。慢慢地，公主高傲的脸上露出了温和的笑容，她开始对每一个人都恭敬有礼，也开始关注穷苦百姓的生活。从那以后，她果真得到了所有人的爱戴，大家都亲切地称她为"完美公主"。

花仙子彩笺

真正的美丽是外表的精致，还是财富和地位堆积起来的高贵？不，都不是，真正的美丽是内心的纯洁。真正美丽的人，说的是真挚而谦虚的话；真正美丽的人，做的是慈爱而善意的事；真正美丽的人，拥有一颗海纳百川的包容之心。

心香一瓣

获得表扬不骄傲，做一个谦虚的女孩；经常帮助需要帮助的人，做一个善良的女孩；原谅他人的无心之过，做一个包容的女孩。

一杯红茶

一个温暖的午后,人们坐在咖啡厅里,享受着清幽的音乐。突然,有个粗鲁的声音打破了这宁静:"服务员,过来一下!"

站在酒水台后的小静赶紧走过去,礼貌地问道:"先生,有什么可以帮您的吗?"

客人跷着二郎腿,指着桌上的杯子,一脸愤怒地说:"你们这儿的牛奶有问题,把好好的一杯红茶给糟蹋了。"

"真抱歉!"小静一脸歉意地说,"我现在就给您换一杯!"

"快点!"客人说着,摆出一副不可一世的样子。

小静迅速撤走客人桌上的红茶,很快又端上来一杯新的。和第一杯一样,她在碟子旁边放上了新鲜牛奶和切成片的柠檬。整个过

程她始终面带微笑。

客人向小静摆摆手，示意她退下，准备享用这杯新的红茶。这时，小静轻声说道："先生，我能给您提个建议吗？"

"什么？"客人极不耐烦地问。

小静依然温和地说："您如果在红茶中放柠檬，最好别再加牛奶，因为柠檬酸会让牛奶结成块状，这样红茶就不好喝了。"

客人一听，脸"唰"地一下就红了，只得尴尬地笑了笑。

咖啡厅的另一个服务员看见了这一幕，愤愤不平地对回到酒水台前的小静说："这个客人没常识没教养，你开始就应该直接告诉他，让他难堪才好。"

小静摇了摇头，笑着说："虽然他很粗鲁，但我不能失礼。道理就摆在那儿，我根本不用大声说，也能让他心服口服！"

花仙子彩笺

别人傲慢，不是你无礼的借口；他人犯错，也不是你得理不饶人的理由。要想成为一个优雅大方的女孩，就不应该为一些小事斤斤计较，也没必要用别人的错误来惩罚自己。女孩应该随时保持礼貌和风度，这样才能赢得别人的尊重，才能散发出高雅不凡的气质。

心香一瓣

一不小心听到同学在背后说你的坏话，如果那不是真的，不要当面指责她，用自己的实际行动来打破谣言，证明自己；同桌一不小心把你最心爱的钢笔弄坏了，既然她不是故意的，就用一个微笑原谅她吧！

墙上的哭脸

有个女孩特别任性，稍有什么不顺心的事，就发脾气。为此，她的爸爸特别头痛。

一天，爸爸将女儿叫到书房，对她说："孩子，我们来做个游戏怎么样？"

"什么？"女儿睁大了眼睛问道。

"你看！"爸爸指着墙上一张用水彩笔画的笑脸说，"那个笑脸是你画的吧！以后你每发一次脾气，就在墙上画一张哭脸，咱们来看看，三个月后你画了多少张哭脸，怎么样？"

"画就画，有什么了不起的！"女儿回答。

从那天起，女孩每发一次脾气，爸爸并不批评她，只是提醒她在墙上画上哭脸。这样过了三个月，哭脸竟然占满了整面墙，就连女孩自己看了都觉得有些难为情。

爸爸对她说："要是你一直发脾气，咱们家的墙都不够你画的了，到时候家里到处都是哭脸，那多恐怖啊，你说是不是？"

"可是……可是我控制不住自己。"女孩一脸委屈地说。

爸爸笑着说:"那这样吧,你要是忍住一次不发脾气,就擦掉墙上的一个哭脸,这样一来,墙壁又能变干净啦!"

女孩听了爸爸的话,开始慢慢克制自己的脾气。一开始,她觉得特别困难,可是过了一段时间,她竟然擦掉了所有的哭脸。

女孩一脸骄傲地说:"现在墙上没有哭脸了,我成功了!"

爸爸伸手摸摸墙壁,说道:"孩子,哭脸虽然擦掉了,可仔细一看,墙上依然有浅浅的痕迹,它也许永远无法消除。所以,你要做的,不是发脾气之后去改正,而是应该杜绝这件事的发生。"

花仙子彩笺

一个坏脾气的女孩,就像一朵被昆虫咬过的美丽的花儿,即使花朵依然灿烂,却得不到赏花人的青睐,它终究只能静静地开放,默默地枯萎。亲爱的女孩,当你想要发脾气时,请学会控制自己,对自己说"这根本不值得发火",如果你能做到这一点,也就为自己的美丽加上了重要的一分。

心香一瓣

当你想发脾气时,请给自己一分钟的时间,在口中默念"别生气,这没什么好生气的""生气解决不了任何问题,还不如冷静下来理智地想一想",如果你这样做,相信你能控制好自己的脾气。

其实你很美

年轻的实习老师第一次站在讲台上,她朝教室里望去,那是一张张多么稚气、多么有活力的脸庞啊!

突然,她的视线停留在教室的角落里,那儿坐着一个女孩儿,她顶着一头乱糟糟的头发,穿着脏兮兮的衣服,脸上写满了冷漠。

老师心里充满了疑问,她走下讲台,径直向那个女孩走过去。

这时,所有孩子的目光都随着老师的脚步移动,最后停在了女孩的身上。女孩很不自在地低下头,咬紧了嘴唇。接着,教室里发出一阵细碎的嘲笑声。有个孩子幸灾乐祸地小声说道:"瞧着吧,'邋遢鬼'罗拉又要挨骂了。"

这句话刚好传到了老师的耳朵里,她来到女孩身边,弯下身子,十分温和地问道:"孩子,你叫什么名字?"

"老师,她叫罗拉!"一旁的男孩大声回答道,说完他捂着嘴巴"咯咯咯"地笑起来。

"罗拉!这个名字很美,很适合你。"老师说着,伸出右手抚了抚女孩的一头乱发。

教室里顿时炸开了锅。就连罗拉自己也是一脸的疑惑。

老师温柔地笑了笑,继续说道:"我的意思是,你是个非常漂亮的女孩,难道你自己没发现吗?"

小罗拉的眼睛里突然放出一缕光亮,嘴角闪过一丝浅浅的微笑。长这么大,她还是头一次听到这样的称赞呢!

第二天,老师再次走进教室时,她惊呆了:角落里的罗拉扎起了精神的马尾,穿上了整洁的裙衫,她的笑容就像头上的蝴蝶结一样美丽动人。

花仙子彩笔

每个女孩都是一颗璀璨明亮的珍珠,当她陷入尘埃时,她的光芒就会被掩盖;如果将她暴露在阳光下,她就会展现出别样的光彩。任何时候都不要小瞧自己,也不要让别人的眼光将自己打倒,只要你拥有灿烂的微笑和一颗充满自信的心,你就是那颗最闪耀的星星。

心香一瓣

你的衣服不需要多华丽,但一定要干净整洁;你的发型不一定要多精致,但一定要精神有朝气;你的声音没必要多动听,但一定要自信有活力。

当她不再是公主

第二次世界大战期间，有个名叫米希儿的女孩，在爸爸的宠爱下，她一直过着公主般的生活。

八岁时，她的爸爸要去前线打仗，不得不将米希儿送进一所贵族学校，过寄宿生活。每个月，爸爸都会给学校汇来一大笔钱，因此，米希儿在这里继续享受着公主般的待遇。

可是，有一天，校长一脸沉重地对米希儿说："米希儿，我得告诉你一个不幸的消息，你的爸爸在战场上阵亡了。"

米希儿失去了爸爸，也失去了一切经济来源，学校不再视她为公主，而把她当成低贱的奴仆。

米希儿痛苦极了，她来到小河边，想结束自己的生命。可是，当她跨出一只脚时，突然在河边看到一朵白色的小花，它的茎秆上沾满了淤泥，而它的花朵却依然骄傲地向着阳光。

"不！我要像这朵花一样，即使脚踏泥泞，也要高雅地活着！"米希儿缩回脚，扬起头来，一脸坚定。

回到学校，米希儿换上粗布衣服，当起了学校的小杂工。白天，她努力地干活，不管多辛苦都从不抱怨；晚上，她借着月光看书，一直到很晚才休息。

不到半年，她变得又黑又瘦，双手起满了茧子。可是，所有人都不敢轻视她，因为她骨子里依然透着高贵的气质。

几年后，米希儿靠自学完成了学业，走出了学校，找到了一份体面的工作，开始了崭新的人生。

花仙子彩笺

当米希儿褪去公主的光环，她并不是一无所有，她依然拥有一颗高贵的心。不管是谁，如果她能够自立自强，依靠自己的劳动获得自己想要的，那么即使她没有高贵的出身，也没有丰富的财产，她也依然能够像一位公主一样，散发优雅迷人的气质。

心香一瓣

想要散发由内而外的公主气质，就必须懂得自己的事情自己做，不惧怕吃苦，绝不做温室里的花朵。

让女孩更完美的100个故事

像红玫瑰一样真挚热情

花之说

在希腊神话中，有一位爱与美结合的女神，名叫阿佛洛狄忒。

传说，在阿佛洛狄忒出生时，上天送给她一份特别的礼物——创造了美丽的白玫瑰。阿佛洛狄忒是那样美丽动人，这让其他女神嫉妒不已，于是，她们就在玫瑰枝上镶满了又尖又长的刺。

渐渐地，美丽的阿佛洛狄忒长大了，她爱上了一位人间的猎人。天神爱上卑贱的人类，在众神看来，这是一件很荒唐的事。可是，阿佛洛狄忒毫不在乎众人的嘲笑，她依然热情地向猎人表达了爱意，并大胆地与他相爱了。

一天，不幸的事情发生了，猎人在森林里打猎，被一头凶猛的野猪撞伤了。他在倒下的一瞬间，发出一声悲情的呼喊："阿佛洛狄忒……"

听到爱人的呼救，阿佛洛狄忒不顾一切地朝森林里跑去。途中，她路过了一丛盛开的白玫瑰，白玫瑰的刺划破了她的手和脚，鲜红的血从她的身体里流出来，滴了一路。

可是，当阿佛洛狄忒赶到猎人身边时，他已经停止了呼吸，再也救不活了。阿佛洛狄忒伤心欲绝，她的哭声传遍了整个森林。她路过的那丛白玫瑰，一下子全都变成了鲜艳欲滴的红玫瑰。

阿佛洛狄忒对爱情的炽热感天动地，她因此化身为爱神。

花之语
热情

花之意
红玫瑰，英文名为"red rose"，是保加利亚的国花

红玫瑰一族
像火一样的热情
性格豪迈、爽朗
时刻充满活力
敢于创新
拥有一颗好奇心
不拘小节

骑摩托的老妇人

贝莎在五十岁时,买了她人生中的第一台摩托车。她那三十岁的儿子不理解地问:"妈妈,你买摩托车能干吗?"

"我要骑着它去郊外。"贝莎说着,脸上露出灿烂的微笑。

"您这是在开玩笑吗?要是出了事怎么办?家里有汽车,您完全可以开着它去呀!"儿子担心地责备道。

"只要熟练了,骑摩托车和开汽车是一样的。再说,汽车未必就不会跌进沟里。"贝莎一直很固执,几乎没有人能改变她的想法。

每天,贝莎都会在一块空地上练习。这里空旷又平坦,对初学骑摩托车的人来说,是绝佳的场地。

贝莎绕着空地,一圈又一圈慢慢地转悠着,速度简直比自行车还

要慢。可是，贝莎却非常快乐，每一次提速，她都会兴奋得大叫。

几个星期后，贝莎的骑车技术已经很娴熟了，她决定去马路上展示一番。经过的人都停下来，一脸吃惊地看着贝莎，有些人还会打着趣儿，大声喊道："嘿！骑车的感觉怎么样？"

"太棒了！"贝莎迎着风，大声回应道。

几天后，人们调侃的声音消失了，取而代之的是佩服的目光。

当然，贝莎也知道骑摩托车是一项比较危险的运动，她从不会拿自己的生命开玩笑。每次出发前，她都会佩戴好头盔、手套和护膝，而且她从不会把马力加大到自己的控制能力之外。对她来说，骑摩托车绝不是一件疯狂的事，而是她对生活的一种态度，她乐在其中。

花仙子彩笺

一位五十岁的老人学骑摩托车，确实是一件新奇的事，可是对贝莎来说，这并不值得惊讶，因为她只不过是在享受生活。只有不断尝试新的事物，才能让每一天都新鲜、快乐。不管是谁，都应该拥有一颗充满激情的心，都应该努力让自己的生活变得更加生动。

心香一瓣

你是不是心里有很多想做却不敢做的事，比如学溜冰。这确实不是一件容易的事，也许一开始你会不知所措、会受伤，可是当你经过努力学成后，就会感受到飞翔一般的乐趣哦。

花园美景

一个阳光明媚的下午,玛丽和爸爸在公园里散步。这时,一位身穿棉大衣的老奶奶出现在公园里,玛丽忍不住捂着嘴巴"咯咯咯"地笑起来。

一旁的爸爸好奇地问:"玛丽,什么事让你这么高兴呀?"

玛丽将小手捧到爸爸的耳朵旁,悄声说道:"您瞧那位奶奶,样子多滑稽,都进入春天了,她还穿得像个企鹅。"

玛丽本以为爸爸也会跟着笑起来,可是她错了,爸爸不但没笑,还用非常严肃的语气说道:"玛丽,我发现你根本不懂得欣赏别人,你和你的朋友交往时都这样不真诚吗?"

玛丽不太明白爸爸话里的意思,一脸委屈地低下了头。

爸爸又说道:"老奶奶穿得比较暖和,也许是因为她身体不好,你怎么能嘲笑她呢?你瞧,她的神情充满慈爱,对过路的每一个人都礼貌地微笑,你不觉得她很亲切吗?"

玛丽认真地看了看那位老奶奶,忽然觉得爸爸的话很有道理,她确实是一位亲切又可爱的老人家。

这时，老奶奶朝玛丽这边走过来，爸爸走上前去，对老奶奶说："夫人，下午好！我不得不说，您的笑容让花园的景色变得更美了。"

老奶奶一听，脸上露出了灿烂的笑容，她弯下腰，轻轻抚了抚一旁玛丽的头发，夸赞道："先生，这是您的女儿吧！她才是这园子里最美的风景呢！"

不一会儿，花园里传出一阵欢快的笑声，阳光也突然变得更加温暖了。

花仙子彩笺

一个简单的微笑，一句真诚的夸赞，一次心与心的交流，就能让陌生变成熟悉，就能搭起一座友谊的桥梁。学会欣赏身边的每一个人，让他们在被赞美中获得喜悦，而你也将获得双倍的欢乐。不要怀疑赞美的力量，它将激发我们内心的热情，去冲破所有的冷漠。

心香一瓣

赞美别人重在真诚，如果你把别人夸得天花乱坠，却没有一句真话，那就成了拍马屁，反而会让人反感；赞美别人要热情，如果是敷衍搪塞、不带表情的夸奖，同样也会让人怀疑你的真诚。

推销热情

小玲经营着一间面积不大的花店。这天上午,一位中年女人出现在门口,轻轻问道:"我能进来吗?"

小玲笑着回答道:"当然,欢迎光临!"

中年女人走进店内,将肩上的大包取下来,对着小玲亲切地笑了笑,然后说道:"我可以擦一下这儿的玻璃吗?"

小玲这才弄清楚,原来这位大姐不是顾客,而是一个推销员。她懒懒地回答道:"擦吧!"心里的潜台词却是:擦吧,擦了我也不会买你的东西。

中年女人得到许可,从包里拿出一瓶清洗剂和一块干净的纱布,认真地擦起玻璃门来。

小玲本以为她只会做做样子,然后再喋喋不休地夸自己的产品有多好。可是小玲错了,她竟然把一整扇玻璃门擦得透亮。

小玲心想:这下该要推销了吧!

可是小玲又错了,中年女人仍然朝她甜甜地一笑,然后将物品收进包里,十分礼貌地说道:"真是打扰了。"

当然，小玲并不会因为这样就有所动容，因为她清楚地知道，如果她拒绝消费，这位大姐一定会收起笑容，气冲冲地离开！

可是，还没等小玲开口，中年女人就已经背上包，从口袋里拿出一张名片，说道："如果有需要请联系我。"一直到走出门口，她脸上依然挂着友好的微笑。

"等一下！"小玲终于忍不住说道，"我要一瓶清洗剂。"

"谢谢！"仍然是那从容的微笑。

后来，小玲把这件事讲给朋友听，大家都说她上了推销员的当。可是小玲却不这么觉得，她一直认为那位大姐在凭真挚的热情赚钱，这与什么职业并无关联。

花仙子彩笑

一个真挚的微笑，就像是冬天里温暖的火炉，能融化冷漠；一个真挚的微笑，也像是夏日里清凉的冰激凌，能抚平焦躁。如果你愿意付出百分之百的真挚与热情，就一定会收获百分之两百的真情回馈。女孩，无论何时，都不要吝啬你的笑容，它是你"推销"自己最明媚的招牌。

心香一瓣

走在大街上，如果有人向你发传单，商店里，如果有导购员向你热情地推销产品，请不要回以冷漠和不屑，而是应该微笑着接受或拒绝，因为每一份工作都值得尊重。

和花儿说话

有一位诗人,他性格孤傲,几乎没有什么朋友,从来都是独来独往。

一天,诗人在花园里散步,路过一丛鲜花,看见一个小女孩正弯着腰,将小嘴凑到花朵儿旁边,轻轻说了句什么,然后又用耳朵对着花朵,接着,她好像听到了什么似的,发出了一阵爽朗的笑声。

诗人很好奇,走上前去,蹲在小女孩身边,问道:"小姑娘,你在做什么呢?"

小女孩转过头来,十分礼貌地回答道:"先生,我在和花儿说话呢!"

"你对花儿说了什么呢?"诗人又问。

女孩笑眯眯地说:"我对它说,花儿你长得真漂亮啊。"

诗人笑了笑,接着问道:"那花儿能听到你说的话吗?"

"当然,"女孩一脸肯定地回答,"它不仅听得到我说的话,还回答我了呢!"

"是吗？它说了什么？"诗人故意表现出很惊奇的样子。

女孩双手捧着小脸，扮成一朵花儿的样子，天真地说："它说，'小朋友，你也很可爱，我们做朋友吧！'"

"那我也能和花儿说话吗？"诗人问。

女孩想了想，回答道："当然可以，只要你靠近它，就能和它说话，就像你蹲下来靠近我这样。"

诗人听了，开怀大笑起来。然后，他弯下腰将耳朵凑到花瓣上，此刻他似乎真的听到了花儿在说话。

回家的路上，诗人回味着小女孩的话，心情豁然开朗：原来，要想得到朋友，得到别人的理解，首先要用心去靠近他，去感悟他啊！

花仙子彩笺

诗人为什么没有朋友？因为他从不用心去认识他人，了解他人，关心他人，所以他的心灵是孤独的。人与人之间，只要多一些心灵的沟通，多一些真挚的了解，就会拉近彼此的距离，获得最真的情意。如果你想和谁成为朋友，就要用一颗真挚热情的心去靠近她、关爱她，如此一来，她也会用真心对待你，你们的友谊之手就会紧紧地牵在一起。

心香一瓣

对朋友要真挚坦诚，不要对朋友说假话，既能够大方地称赞她的优点，也能直言不讳地指出她的缺点。

浓雾也迷人

有个女孩每天都神情忧虑,郁郁寡欢。家人认为女孩得了抑郁症,于是请来心理医生为她治疗,希望她能重新燃起生活的希望。

在一个浓雾的夜里,心理医生来到了女孩的家。他并没有急着了解女孩的"病情",而是盛情邀请她去江边散步。

沿着江边走了一会儿,医生忽然欢快地叫起来:"你瞧!这里的景色多么迷人啊!"

"不过是雾蒙蒙一片,有什么好看的。"女孩一脸冷漠地回答道。

医生依然热情地指着江面,说:"你看呀,那浓雾中透着若隐若现的光,多像一位神秘的仙女啊!还有那江面上摇曳着的小船,不知道它经历了多少故事,藏着多少秘密呢!"

女孩渐渐被医生的热情所感染,她看着看着,突然也觉得在浓浓的白雾那边,确实可能藏着很多奥秘。那双冷漠的眼睛,渐渐泛出热情的光彩。

医生转过头,凝视着女孩,真诚地说:"这个世界,从来不缺少美丽,也不缺少令人兴奋的东西。因为世界本身就是如此美丽，如此令人神往。如果我们对它丧失了热情，当然就看不到她的美。相反，如果我们对它热情一些，它的美是我们这辈子都看不完的啊。"

医生的话深深地刻在了女孩心上。从那天起，她开始尝试改变。她换了干净利落的新发型，在自家的阳台上种满了美丽的花草，开始热情地和身边的人打招呼，她也开始了一段充满新鲜发现的旅程。

花仙子彩笺

一只小鸡从裂开的蛋缝里钻出，一滴墨水在纯净水中开出花朵，一颗六角雪花落在了女孩的睫毛上……只要有一双善于发现的眼睛和一颗炙热的心，世界上每一处都是美景，生活中每一刻都有惊喜。

如果我们对生活给予冷漠，那生活就是索然无味的；如果我们对生活充满期待，那生活自然就会回馈给我们幸福和快乐。

心香一瓣

生活中除了吃饭、睡觉、学习，还有很多事可以做呢，和家人一起去徒步旅行吧，和伙伴们一起去参加夏令营吧。贴近大自然，你会发现，这个世界奇妙又充满无限乐趣。

米拉和安琪儿

米拉有个比她小两岁的表妹,名叫安琪儿。对于这个表妹,米拉一直很头痛。每次听说安琪儿要来家里玩,米拉就感到神经紧张。因为安琪儿是个对什么都好奇的小捣蛋鬼,她不管见到什么,都要瞧一瞧,摸一摸。

这天,米拉正在房间里写作业,突然听到门外传来妈妈的声音:"米拉,快出来,安琪儿来了!"

米拉听到这个"噩耗",她的第一反应就是将自己所有的玩具、文具、易碎的装饰品藏好,然后才悻悻地走出房间。

安琪儿一看见米拉,就将她抱了个满怀,并一脸兴奋地喊道:"表姐,我们去你的房间里玩吧!听说你又买了好多有趣的玩具呢!"

米拉只觉得两眼发黑,她强忍着心痛,从牙缝里挤出两个字:"好的!"

后来,米拉的妈妈拖着一个大箱子走过来,对两姐妹说:"这里面是一些旧玩具，你们两个帮忙来分类吧！我们可以把好的捐给福利院。"

米拉一听，先是庆幸自己的房间逃过了一劫，但很快她又苦恼起来，因为对她来说，给旧玩具分类，确实是个枯燥无趣的活儿。

而安琪儿呢？她的眼睛里却放出光来。还没等姨妈交代如何分类，她就已经扑到了箱子前，两只小手在里面捣腾起来。她摸摸这个，拍拍那个，就好像以前从没见过玩具一样。

几年后，安琪儿成了学校里小有名气的发明家，发明了不少玩具呢！

花仙子彩笺

牛顿发现万有引力定律，源于他对一个苹果的好奇；爱迪生成为发明大王，源于他对任何事物都充满好奇心。因为有了好奇心，才能欣赏到别人欣赏不到的风景；因为有了好奇心，世界才变得如此新奇。

爱因斯坦说："我没有别的天赋，我只有强烈的好奇心。"其实，我们每一个人都有爱因斯坦这样的潜能，就看你有没有及时发现了。

心香一瓣

为什么电话能传播千里之外的声音？为什么电视能保存很久之前的画面？你有思考过这些问题吗？只要你有一颗好奇心，生活到处都是奥妙。

像八月桂一样友爱善良

花之说

在古时候，有个善良的妇人，她靠卖葡萄酒为生。她酿的酒醇香甘甜，远近闻名，人们都亲切地称她为仙酒娘子。

一个寒冬的早晨，仙酒娘子正准备出门卖酒，一打开门，发现一个乞丐躺在门口，奄奄一息。仙酒娘子赶紧把他背进屋，为他生火熬汤。在她的悉心照料下，乞丐总算活了过来。后来，仙酒娘子见他可怜，就收留了他。

一天，乞丐上山砍柴，到了傍晚还没回来，仙酒娘子放心不下，就上山去找他。

　　半路上，她看到一位老人昏倒在地上，嘴里不停地喊："水、水……"可是周围全是黄土乱石，根本没有水。情急之下，仙酒娘子咬破自己的手指，将鲜血喂给老人喝。

　　突然，一阵清风拂过，老人不见了，留下一个布袋和一张字条。字条上写着："月宫赐桂子，奖赏善人家。"原来，乞丐和老人都是月宫的神仙吴刚变的，他专门帮助善良的人。

　　仙酒娘子背着一袋桂子回了家。后来，她不仅酿造了桂子酒，还把桂子分给远近的乡亲。善良的人种下桂子，桂子很快发芽长成桂树，桂花香溢满园；恶毒的人种下桂子，寸草不生，因此感到惭愧，从此洗心革面。

　　从那以后，人间就有了桂花。

花之语
和平、友好，是友谊的象征，同时还代表着高尚的道德和崇高的品质

花之意
桂花，又叫岩桂、木犀，包括八月桂和四季桂，英文名为"osmanthus"，是桂林、杭州、苏州等多市的市花

八月桂一族
有一颗明媚善良的心
助人为乐
从不张扬
随性平和
懂得体谅和包容别人

谁喝错了粥

有位老奶奶,一直过着非常俭朴的生活,从来不舍得多花一分钱。可今天是她的生日,她决定"奢侈"一回,去一个小餐馆吃午餐。

老奶奶点了一碗粥,放在餐桌上,然后又转身去拿勺子。当她折回来时,发现有个穿着破烂的小姑娘正坐在餐桌上喝粥。

"那不是我的粥吗?"老奶奶心想,"这个小乞丐,竟敢喝我的粥,看我不好好教训她。"

老奶奶握着勺子气呼呼地走过去,可是很快她又平静下来,转念一想:"她一定饿坏了,以为这碗粥是别人喝剩下的。"

可是,老奶奶又舍不得再点一碗粥,她只好走过去,坐在小姑娘身边,和她一同喝起了那碗粥。

小姑娘看见突然伸过来的勺子,先是一惊,很快又低着头,专心喝起粥来。

很快,粥就被两人喝完了。小姑娘又端来一大碗汤,微笑着对老奶奶说:"老人家,我们一起喝吧!"

老奶奶毫不客气地拿起汤勺,伸进了汤碗

里，心想：反正你喝了我的粥，我喝你一点汤也没什么嘛！

于是，两人你一口，我一口，有滋有味地喝起汤来。

汤喝完了，小姑娘十分满足地笑了笑，然后站起身来，礼貌地向老奶奶鞠了一躬，这才离开。

老奶奶的心情也不错，她望着小姑娘的背影笑了笑，然后拿出手帕，擦了擦嘴巴，站起身来准备离开。可是，她刚迈出一步，突然看见旁边桌上摆着一碗没动过的粥。

"哎呀！我真是老糊涂了！"老奶奶懊恼极了，原来自己喝错了粥呀！可是很快，她的脸上又露出欣慰的笑容，因为就在刚刚，她收到了一份美好的生日礼物——一颗友善的心。

花仙子彩笺

一个美丽的误会，让老奶奶度过了一个温暖的生日；一颗友善的心，让人与人之间的距离不再遥远。

我们习惯把关爱送给亲人、朋友和熟悉的人，而对陌生人给予冷漠。其实，陌生人之间也同样需要爱的传递。人与人之间如果互助、互敬与互爱，这个世界将充满爱与关怀，而我们自己也会受益，因为对别人来说，我们不也是陌生人吗？

心香一瓣

当陌生人和你打招呼时，不要装作视而不见，请礼貌地回应他；当陌生人向你问路时，如果知道请为他指路，如果不知道请回以歉意的微笑。

花之事

十颗"宝石"

安琪下班经过集市,被一个小男孩拦住了去路。小男孩手里拿着几颗石头,对她说:"姐姐,买几颗宝石吧,这些宝石很珍贵的。"

安琪瞟了一眼,那只不过是几颗极其普通的石头,她不耐烦地摆了摆手,敷衍道:"这么贵重的东西,我可买不起,你还是找别人来买吧!"

"怎么可能买不起呢?每颗只卖一元钱呢!"小男孩睁大了眼睛,一脸天真地说。

"一元钱?"安琪有点被弄糊涂了。

小男孩挠了挠头,回答道:"我也想卖贵点,可是妈妈说只准卖一元钱。"说完,他傻呵呵地笑起来。

安琪这才发觉,眼前的小男孩有些特别。简单地说,他应该是个智障儿。安琪不忍心再拒绝,她接过小男孩手中的石头,数了数,笑着说道:"一共十颗,我全买了!"

就这样,安琪花十元钱买

了十颗普通的石头，然后朝回家的方向走去。

没走多远，一位妇人跑上前来，对安琪说："姑娘，谢谢你，这是你的钱。"妇人说着，摊开右手，上面是一张十元的纸币。

接着，妇人向安琪解释了整件事的原委。原来，那个小男孩是她的儿子，从小有智力障碍。可是小男孩非常懂事，总觉得自己可以赚钱养家，于是就卖起了石头。妇人并没有阻止儿子的这一行为，但是每天，她都会把儿子"赚"回来的钱悄悄还给"顾客"。

看着这位朴实、善良的母亲，安琪的眼中噙满了泪水，手中的石头突然透出暖暖的温度，温暖了她的心。

花仙子彩笺

世界上，有这样一类特殊人群，他们的行动和表达能力都不及常人，常常被人们叫作"傻子"。面对这样的人，我们不应该去嘲笑和戏弄，而是像安琪和其他"顾客"一样，伸出友爱的双手，去关心他们，帮助他们。当你用一颗友善的心去接近他们时，你也会因此收获温暖。

心香一瓣

那些身体残缺的人需要的不是同情，而是尊重，我们应该把他们当正常人看待；当别人嘲笑、欺负残疾人时，我们要站出来制止他，并告诉他，这样做，不止伤害了他人，也丑陋了自己的心。

金鱼的回报

在一个宁静的小村庄里,苏珊和她的丈夫以及两个可爱的孩子,一起过着幸福、快乐的生活。一次,丈夫从集市上带回两尾金鱼,一尾金色的,一尾黄黑相间的,两个孩子可高兴了,他们将金鱼养在鱼缸里,每天都不忘换水、喂食。

可是有一天,战争的号角吹响了,他们原本平静的生活被扰乱。苏珊的丈夫应征入伍,死在了战场上。战火很快烧到了小村庄,苏珊不得不带着两个孩子连夜逃走。

临走时,小儿子哭闹着说:"妈妈,我要带上我们的金鱼。"

"孩子,我们现在在逃命,根本没有精力照顾金鱼,明白吗?"苏珊转过头来,看了看鱼缸里的金鱼,它们依然在水中快活地游来游去,丝毫不觉周围已经被硝烟环绕。

苏珊心想:这也是两条生命啊!我怎能忍心看着它们被战争摧毁呢?于是,她抱着鱼缸走到屋后,轻轻将金鱼捞出来,放进了一条清澈的水沟里。

"希望我们回来时,你们依然健康、快乐。"苏珊说完这句,便带着孩子们离开了。

几年后，战争终于结束了，苏珊带着孩子们又回到了小村庄。不过，如今的村庄已经是一片废墟。

苏珊看着眼前的一切，绝望地瘫软在地上。低头间，她忽然看到一旁的小水沟游来一群金鱼。领头的两尾是一尾金色的，一尾黄黑相间的。

"它们居然还活着，还生育了后代！"苏珊像是看到了希望，眼睛里突然闪出光彩来。

接下来的日子，苏珊和孩子们细心照料这些金鱼。很快，苏珊和金鱼的故事流传开来，远近的人们都跑来看这些金鱼，临走的时候都不忘带走一两条。苏珊和孩子们终于重新过上了幸福的生活。

花仙子彩笺

一只雏鸟从树上跌下来，你会将它送回鸟窝吗？一只蚂蚁被雨水淹没，你会把它带到安全地带吗？一个小小的举动，就是在挽救一条小生命。苏珊的故事不但感动人心，它还告诉我们，人与动物之间有着千丝万缕的联系，人类对动物的友善，同样也是在为自己造福，给自己带来希望。

心香一瓣

怎样保护小动物呢？就是不要去伤害它；它受伤了，细心地照顾它；看到别人有伤害小动物的行为，及时地站出来制止。总之，要像对待自己一样好好对待这些可爱的小生命。

隔壁的琴声

因为爸爸工作调动的关系，小美一家从小镇搬到了城里。城里繁华又热闹，可比宁静的小镇有趣多了。

可是，没过几天，小美就开始怀念起小镇的生活来。为什么会这样呢？原来，小美家与邻居家只有一墙之隔，每到晚上，邻居家的小孩都会练习拉小提琴，吵得小美根本没法安心写作业。

这天，小美正为一道数学题绞尽脑汁，隔壁的琴声又响起来，搅得她更加烦躁不安了。

半个小时过去了，琴声丝毫没有停止的迹象，反而越来越大了。小美突然站起来，像一头发怒的小狮子，冲出了房间。

小美来到客厅，对正在看书的妈妈说："妈妈，邻居家的琴声太吵了，我都没法好好写作业，你帮我去说说，让他停下来。"

妈妈抬起头来，回答道："小美，这个忙我可帮不了你。"

"为什么？"小美吃惊极了。妈妈平时最在意小美的学习，小美还以为这个小小的要求妈妈一定会答应呢！

妈妈合上书，笑了

笑说:"因为,琴声并没有打扰我,我为什么要让他停下来呢?"

"怎么可能!"小美嘟着嘴,据理力争道,"琴声那么大,我们家的每一间屋子都能听得清清楚楚。"

妈妈让小美坐下,然后耐心地对她说:"孩子,如果你能把琴声当作美妙的音乐来聆听,就不会觉得那是一种打扰了。其实,我们应该感谢邻居,他让我们每天都能欣赏一场免费的音乐会。你耐心地听一听,琴声是不是变得很悠扬了?"

在妈妈的建议下,小美耐下性子,认真地听起来。果然,在心情平静之后,琴声也变得婉转动听起来。

花仙子彩笺

邻里之间,朝夕相处,总会发生一些小别扭,如果互相能够多一些体谅,少一些计较,矛盾自然就会化解。我们与邻居的相处,就像把无数单调的音乐组合在一起,只有每一个音符都和谐地融入,才能将生活变成一曲动听的交响乐。

心香一瓣

远亲不如近邻。当与邻居擦肩而过时,别忘了微笑着说声"你好";晒衣服注意别让水滴到楼下;邻居忘了带钥匙,可以请他来家里坐一坐,为他泡上一杯热茶。

课桌里的蟑螂

班上进行了新一轮换位,珍珍的新同桌是性格内向的小灵。

刚换好座位,珍珍就主动和小灵打招呼,小灵却没理她。

"你不理我,我还懒得理你呢!"珍珍十分不屑地瞥了小灵一眼。

突然,一团黑东西进入了珍珍的视线,她定睛一看,原来是一只大蟑螂,从小灵的课桌里爬了出来。

珍珍推了推小灵,小声说道:"你的课桌里有蟑螂!"

小灵瞪了珍珍一眼,红着脸说道:"你胡说,我课桌里很干净,怎么可能有蟑螂。"

"真的,真的,我刚刚看见它从你的课桌里爬出来!"珍珍指着小灵的课桌,一脸认真地说。

小灵的脸色突然沉下来,她咬着牙,憋着气,一字一句地回答道:"我再说一遍,我的课桌里没有蟑螂!"

珍珍见小灵生气了，也不敢再多说，只好识趣地闭上了嘴巴。可是，她心里却在想：小灵的课桌里不会住着蟑螂一家吧！

下课后，小灵离开了教室，珍珍终于忍不住打开了她的课桌。突然，一只小蟑螂从课桌缝里伸出了脑袋，珍珍迅速拿起一张白纸，将它按住了。

"这下她不承认都不行了！"珍珍举起"战果"乐滋滋地自言自语道。

不一会儿，小灵走进了教室。珍珍刚准备大喊，突然她转念一想：我这样做是不是太无聊了？小灵一定会更加讨厌我的，既然蟑螂已经消灭了，就让它消失吧！

于是，珍珍站起身来，把白纸包着的蟑螂丢进了垃圾篓里。快要上课时，珍珍凑到小灵耳边，小声说："之前我看错了，那不是什么蟑螂，只不过是一个黑影子。"

此时，珍珍看到小灵的脸上露出了友好的微笑。

花仙子彩笺

　　同桌，是成长中的伙伴，是学习上的益友。同桌，总是在离你最近的位置，与你一起解决难题，分享喜悦，也分担烦恼。可是，距离太近，就难免会产生摩擦。如果这个时候，你能站在别人的角度思考，做出适当的让步，你就会交到更多的朋友，收获更多的友情。

心香一瓣

　　与同桌相处时，要多站在对方的角度思考问题，倾听对方；不要轻易向别人暴露同桌的不足与缺点；如果同桌因上课打瞌睡被老师批评了，你要做的不是幸灾乐祸，而是帮他改正。

寻找小演员

有位知名导演为了拍一部电影,去一个偏远的小山村挑选小演员。

车子颠簸了几个小时,眼看就要到村口了,突然,"咯噔"一声,车轮陷进了泥坑里,怎么也出不来。

这时,一个小姑娘经过这里,她走到车子旁瞅了瞅,然后飞快地跑进了村子里。不一会儿,她带来了一群背锄头的村民。

村民们有的挖土,有的推车,不一会儿就把车子从坑里推了出来。导演十分感激这些善良的村民,坚持要给他们一些感谢费。

这时,小姑娘走过来,微笑着说:"叔叔,您不用这样客气,能帮助您,我们也很开心。"

小姑娘讲着一口略带乡音的普通话,样子十分可爱。"这不正是我要找的小演员吗?"导演眼前一亮,激动地说,"小姑娘,你将成为我电影中的小演员,明天到村长家找我吧!"

"演员?"小姑娘摸摸脑袋,一脸疑惑地看着导演。

"当演员可以让你赚很多钱,让你买好吃的,买玩具，买课本。"导演笑着解释道。

小姑娘听了好一阵高兴，蹦蹦跳跳地回了家。

这天，导演留宿在村长家。第二天，他刚起床，就听到门外传来一阵"叽叽喳喳"的吵闹声。他走出门一看，顿时惊住了，十几个孩子站在那儿。孩子们一见到他，都睁大了眼睛，露出期待的目光。

这时，小姑娘从人群里钻出来说："叔叔，我们都来当演员。"

导演顿时被小姑娘的善良打动了，他实在找不出任何理由来拒绝这位可爱的小天使。回到城里后，他临时决定，将电影从一位小演员增加到一群小演员，他要用镜头去捕捉一个个最真实的画面。

花仙子彩笺

小姑娘用她的善良打动了导演，为全村的孩子争取到更好的生活，她不仅获得了当演员的机会，也让自己的人生路变得更光明。如果你是这个小姑娘，你会像她一样，将机会分享给其他伙伴吗？记住，机会总是青睐那些舍得奉献、乐于分享的人；对于自私的人，机会往往会绕道而行。

心香一瓣

如何与人分享呢？有美味的食物时，分给大家；有精美的玩具时，和大家一起玩；朋友生日时，送他一些自己制作的手工作品和图画。分享这些时，你们也一起分享了喜悦和快乐哦！

选择爱

一个大雪纷飞的夜晚,屋外传来一阵敲门声。女主人裹上外套,走上前去打开门一看,三位白发苍苍的老人站在门口。

女人并不认识他们,但见他们可怜,就说道:"你们一定又冷又饿吧!赶紧进来暖暖身子,吃点东西吧!"

可是老人们却摇了摇头,异口同声地说:"您只能请我们中的一个进屋,请选择吧!"

"为什么?"女人被弄糊涂了。

其中一个老人回答道:"我们中一个叫财富,一个叫成功,还有一个叫爱。我们不能同时进入您的屋里,您还是和丈夫好好商量一下,看让谁进去吧!"

女人又进了屋，将事情的原委说给了丈夫听。

丈夫一听，高兴地回答道："还用想吗，当然是请财富进来啦！"

女人觉得不妥，反驳道："我认为请成功进来比较好。"

"不对！"他们的儿子从房间里走出来，说道，"我们应该请爱进来。"

丈夫笑着说："我们就听儿子的吧！"

于是，女人再次来到门外，对老人们说："你们谁是爱？我要请他进屋。"

老人们笑了笑，一齐走进屋里。

女人一脸惊奇地问道："你们怎么都进来了，我只邀请了爱呀！"

老人们回答道："如果你只邀请财富或成功，另外两位当然不会进来。但你邀请的是爱，另外两位一定会跟进来啦！因为爱在哪，财富和成功就在哪！"

花仙子彩笺

在生活中，千万不要为了任何东西而抛弃爱。要知道，人生中最珍贵的不是财富，不是成功，而是人与人之间的爱。没有爱，就算有了无数的金钱、巨大的成功，你还是孤独的。而有了爱，所有的东西都会跟着爱一起来到你身边。

心香一瓣

用爱心对待家人，多帮妈妈做家务，多为爸爸捶捶背；用爱心对待朋友，做他难过时的肩膀，做他开心时的笑脸；用爱心对待陌生人，给流浪的人一元钱，为迷路的人指明方向。

爱心别用来炫耀

贝克正在书房办公，门"吱呀"一声开了，女儿珍妮从门外伸进半个头来，一脸讨好地看着他。

贝克太了解女儿了，她一定又遇到什么麻烦了。于是，贝克问道："珍妮，有什么事就说吧！"

珍妮一听，赶紧走上前去，说道："爸爸，你能给我50美元吗？"

"你要这么多钱干什么呢？"贝克问。

珍妮吞吞吐吐地回答道："学校组织了一次爱心募捐，我已经当着全班同学们开了口，捐50美元。"

"珍妮，你有这样的爱心，爸爸为你感到高兴。可是，这50美元，爸爸不能给你。"贝克一脸平静地回答道。

"为什么？"珍妮完全没料到爸爸会拒绝她。要知道，贝克可是一家大企业的总经理，50美元对他来说根本不算什么。

贝克耐心地解释道:"孩子,献爱心是为了帮助需要的人,而不是你用来炫耀的资本。如果你没有那么多钱,就不该夸下海口,这不是献爱心,而是逞能,明白吗?"

"可是,可是我已经说出口了,要是反悔,同学们一定会笑话我的。"珍妮说着,两颗豆大的泪珠从眼眶里蹦了出来。

看到女儿这样,贝克非但不安慰,还继续做起自己的事来。

珍妮明白,爸爸一旦下定决心,十头牛也拉不回来,她只好沮丧地低下头,转身离开书房。

这时,贝克突然开口了,他说:"珍妮,这笔钱我可以先借你,不过你得在三个月内还我。"

珍妮没有其他办法,只能接受爸爸的提议。之后的三个月,珍妮靠节省零花钱、卖旧报纸,终于攒够了50美元,还给了爸爸。

花仙子彩笺

献爱心并不是我们可以用来炫耀的资本,更不是谁付出的金钱最多,谁的爱心就最珍贵。真正的爱心来自你的内心,如果你有爱心,哪怕是一枚小小的硬币,或是一个真诚的微笑,对需要帮助的人来说,也具有大大的能量。

心香一瓣

爱心捐助,要做的是量力而行,真心以待,不一定是倾囊相授。献爱心最重要的是要身体力行,比如经常邀伙伴们去老人院看望孤寡老人,为他们唱歌、跳舞,这样的爱最让人感动。

让女孩更完美的100个故事

像仙客来一样
纯真无邪

花之说

传说，嫦娥吃下长生不老药，飞升成仙，留在了月宫里。年复一年，她过着孤孤单单的生活，身边只有一只玉兔作陪。

一天，嫦娥带着玉兔飞离月宫，去看望人间的亲人。她见到了久别的丈夫后羿，两人喜极而泣，思念之情述说不尽。

玉兔不忍心打扰这对苦命鸳鸯，就退出屋门，独自到后院去玩耍。

后院开满了姹紫嫣红的花朵，一位老园丁正在花丛中修剪花草。玉兔跳到老园丁身边，与他嬉闹起来。玉兔活泼可爱，逗得老园丁发出一阵阵欢快的笑声，就连周围的花儿们也跟着跳起舞来。玉兔和老园丁就像相识很久的朋友，十分投缘。

可是，欢乐的时光总是过得特别快，不知不觉天黑了。嫦娥依依不舍地告别了后羿，要带着玉兔离开。玉兔也舍不得老园丁，她红着眼睛从耳朵里拿出一颗种子，送给了老园丁。

嫦娥和玉兔走后，老园丁把那颗种子种在了后院。种子很快发芽，长出新叶，开出了一朵朵像兔耳朵一样的小花。花儿在风中摇曳着，像极了天真可爱的玉兔。于是，老园丁为它取名"兔耳花"。

后来，又因为这个传说与神仙有关，兔耳花又被人们叫作"仙客来"。

花之语

纯真无邪

花之意

仙客来，又叫兔耳花，英文名为"cyclamen"，是山东省青州市的市花

仙客来一族

腼腆内敛、温柔可爱
单纯而心地善良
率真而不虚伪
有时候还有点鬼灵精怪
胆小是最大的缺点

山谷里的朋友

一天,露娜挎着篮子去山谷里采野果子。走着走着,一只小兔子突然从草丛里蹦出来,吓得露娜大叫了一声:"啊……"

谁知道,喊声刚落,山谷深处也传来了"啊、啊、啊"的喊声。

露娜大吃一惊,慌里慌张地大声问道:"谁在说话?"

结果,山谷里又发出同样的声音:"谁在说话?"

"讨厌鬼,是我先问你的!"露娜气呼呼地喊道。

对面的"神秘人"也不甘示弱,同样用生气的语调大声"反驳"道:"讨厌鬼,是我先问你的!"

"你……"露娜气得说不出话来,只好红着脸跑回了家。

一回到家里,露娜就向爸爸告状:"爸爸,山谷里有个讨厌的家伙,她总是学我说话,捉弄我。您能帮我教训教训她吗?"接着,她将整件事的经过告诉了爸爸。

爸爸一听,乐了。过了一会儿,他摸摸露娜的小脑袋,假装很无奈地说:"这件事得靠你自己解决,爸爸可帮不了你。"

"可是,我

能怎么办呢？那个坏孩子实在太凶了。"露娜更加苦恼了。

爸爸接着说："相信我，那个你口中的坏孩子不会比你更凶。如果你用温和的语气和她说话，她也会很礼貌地回应你。"

听了爸爸的建议，露娜决定去试一试。她急匆匆出了门，赶回山谷里，清了清嗓子，试探性地打了个招呼："嘿！你好！"

"嘿！你好！"山谷那边很快回应道。

露娜开心极了，她兴奋地大声喊道："嘿！我们做朋友吧！"

"嘿！我们做朋友吧！"对方的语气中同样透着兴奋。

露娜的心顿时开出了花朵，她在山谷里跳呀、笑呀，还唱起了欢快的歌谣。山谷里的"朋友"也跟着笑呀、唱呀，好不快活！

后来，露娜长大了，她终于知道，山谷里的朋友不是别人，那正是自己的回声啊！

花仙子彩笔

回声多么奇妙呀，我们发出怎样的声音，就会得到怎样的回应。人和人的相处也是这样，我们送出冷漠，自然只会收获不屑；我们付出真诚，就能得到热情。想要被纯真包围，就得先让自己变得善良；想要拥有真心的朋友，就必须用一颗真心去交换。学会微笑着面对每一天、每一处风景，整个世界都将充满灿烂纯洁的笑容。

心香一瓣

每天面带微笑，礼貌待人，不乱发脾气，保持一颗纯真善良的心，我们的周围就会到处都是和我们一样的人哦！

我会这么做

小莉莎跟着爸爸去参观轮船模型展览。走进展览馆,莉莎很快就被各式各样的轮船模型吸引了。终于,她忍不住对爸爸说:"爸爸,爸爸,我真想拥有一艘船。"

这时,一位轮船设计师路过莉莎身边,正巧听到了这句话。他打着趣儿问道:"小姑娘,如果你真的拥有了一艘大船,你会做什么呢?"

莉莎认真地想了想,回答道:"我会邀请我所有的朋友,去大海航行。"

"大海可是很危险的,"设计师顺势问道,"船要是突然在海里出了故障,怎么办?"

莉莎显然被这个问题难住了,她挠了挠头,用力地想了一会儿,然后不是十分肯定地回答道:"我想,我会让朋友们坐在原地

不要动,然后我穿上救生衣跳进海里。"

设计师听了,哈哈大笑。而一旁的爸爸则失望地摇了摇头,因为他没想到,女儿会给出这样自私的答案。

过了一会儿,设计师止住笑,继续问道:"然后呢,你预备怎么做?自己一个人游回岸去吗?"

设计师的问题让爸爸非常难堪,此刻他真想赶快拉着莉莎离开。可是,莉莎却给出了一个让人大吃一惊的答案,她说:"我会游回岸上,找到会修船的人,然后带着他游回海里,把船修好。这样,我的朋友们就得救了。"

设计师顿时愣住了,一时之间不知道说什么好。当然,莉莎给出的不是最佳答案,可是她却让所有人看到了一颗最真诚的心。

花仙子彩笺

可爱的莉莎给大人们上了生动的一课,告诉他们,千万不要肆意猜测一个孩子的想法,因为大人复杂的逻辑,永远跟不上孩子简单的思维。要知道,很多问题的答案并不是越复杂越好,往往最单纯的、最真诚的,才是最美好的、最打动人心的。

心香一瓣

不要因为害怕出错,害怕被否认,就不敢说出内心真实的想法,勇敢表达自己的观点,不管是对是错,都大声说出来吧!

这不是我的

有位年轻人徒步去郊外游玩,走着走着,他的眼前突然出现了一条金色的大道。仔细一看,原来道路的两旁整齐地种着橘树。由于是秋收季节,橘子已经熟透了,一个个红着脸儿挂在枝头。

可是,让年轻人不解的是,橘子熟得这样好看,为什么没有人来采摘呢?难道,这些橘子只是看上去诱人,实际上并不美味?

这时,一个背着书包的小女孩朝这边走过来。年轻人赶紧走上前去,礼貌地问道:"小姑娘,你住在附近吗?"

"是啊!"小女孩大方地回答道。

"那么,我可以问你一个问题吗?"年轻人又问。

"好的!"小女孩爽快地答应了。

于是,年轻人说出了自己的疑问:"这道路两旁的橘子是不是很难吃呀?"

"怎么可能!"小女孩瞪大了眼睛,反驳道,"我们这里的橘子是最香最甜的。"

年轻人顺着她的话,问道:"既然这样,你为什么不摘来吃呢？烂在树上多可惜呀？"

小女孩摸了摸小脑瓜，一时不知道该怎么回答这个问题。可是很快她有了答案，她露出洁白的牙齿笑着说："先生，我为什么要摘呢？这不是我家的橘树。"

听了小女孩的回答，年轻人哈哈大笑起来。同时，他也为自己的自以为是感到些许惭愧。

接着，小女孩十分友好地与年轻人道别，然后一蹦一跳地朝回家的方向走去。年轻人望着枝头黄澄澄的橘子，不尝它的味，早已经甜透了心。

花仙子彩笺

"这不是我的，所以我不会摘。"这是一个多简单的道理呀！有时候，我们总是把问题看得太复杂，从而自寻烦恼；有时候，我们总是费尽心思去揣测别人的心机，从而不再相信人性美好的一面。试着把自己的心放简单一些，做一个天真没烦恼的女孩。

心香一瓣

不要总是怀疑别人，也不要胡乱猜测别人的用心，简简单单和人相处；偶尔糊涂一点，没有必要凡事斤斤计较，做个快乐的"小傻瓜"。

钓蝴蝶

凯蒂的父母很喜欢钓鱼,每到周末,他们都会带凯蒂去湖边垂钓。可是,凯蒂似乎并不喜欢钓鱼,每次去钓鱼她都会哭闹不止。

一个晴朗的午后,妈妈正在厨房做美味的水果沙拉,阳台上忽然传来凯蒂铃铛般清脆的笑声。妈妈十分好奇,就放下手中的活儿,去瞧瞧凯蒂在做什么。

她走到客厅里,朝阳台那边望过去:凯蒂坐在一张小圆凳上,手中拿着一根钓鱼竿,鱼竿的末端一直垂到阳台外面。

凯蒂不是讨厌钓鱼吗?这会儿怎么玩起鱼竿来了?妈妈刚想走上前去瞧个究竟,突然听到阳台外面传来邻居小孩的声音:"凯蒂,你为什么在鱼竿上绑一朵鲜花呀?"

"我在用鲜花钓蝴蝶呀!"凯蒂放低声音,小声说道,"你瞧,有一只美丽的蝴蝶飞过来了。"

妈妈踮起脚朝阳台外望出去,果真有一只

蝴蝶正围着钓竿上的鲜花打转呢!

晚饭时,妈妈想起下午的事,忍不住问凯蒂:"宝贝,下午妈妈看见你在阳台上钓鱼,你不是很讨厌钓鱼吗?"

"妈妈,我没有钓鱼,我在钓蝴蝶。"凯蒂强调道。

"这有什么区别吗?"妈妈问。

"当然,"凯蒂认真地回答道,"我用花作诱饵吸引蝴蝶,并没有伤害它;可是,你们用鱼钩钓鱼,鱼钩会刺破鱼儿的嘴,这实在太残忍了!"

妈妈看着女儿那清澈的眼睛,一时不知道说什么好。她从来不知道,钓鱼这样一项惬意的活动,在女儿眼中是一件残忍的事。

从那以后,"钓鱼"就从凯蒂一家的假日行程中被彻底抹掉了,因为爸爸妈妈希望为凯蒂绘制一个纯洁无瑕的世界。

花仙子彩笺

丢弃那尖锐的吊钩,选择一朵花作诱饵,去吸引一只美丽的蝴蝶。让自己在享受垂钓乐趣的同时,也让钓竿那头的"猎物"感受到快乐。这样充满爱心的举动,只有拥有一颗纯真之心的女孩才能做出。保持一颗纯真无邪的心,珍爱身边每一个弱小的生命,让每一天都充满欢乐吧!

心香一瓣

蜻蜓是益虫,不要绑住它的尾巴拿来玩耍,它会疼;蝴蝶多美,不要把它关在玻璃瓶子中,它会因为呼吸不到空气而死去。善良纯真的女孩不会伤害身边的小生命。

像野猪一样

三年级的教室里,语文老师在黑板上写下一个大大的"像"字,然后转身对同学们说:"下面,请同学们用'像'字造句。"

同学们拿出作业本,开始认真地写起来。

一个小女孩在她的作业本上写道:"田径赛场上,运动健儿们像野猪一样向前奔跑。"

老师看见了,问道:"为什么要把运动员比喻成野猪?"

小女孩回答道:"我听说,野猪跑得快,而且耐力强。"

"即使这样,也不能把人比喻成野猪。"老师十分严肃地说。

小女孩很想问为什么,可是看到老师一副不容商量的表情,她又把话咽了回去。

十分钟过后,小女孩把改好的作业交给老师。老师一看,又傻眼了,上面用工整的字迹写道:"田径赛场上,运动健儿们像野

狗一样向前奔跑。"

老师只能再次强调道:"不能把人比作野狗。"

"为什么?"小女孩终于鼓足勇气问道。

老师回答:"野狗和野猪一样,都是很丑的动物。"

小女孩一听,赶紧反驳道:"老师,您说得不对。它们一点儿也不丑,它们活泼又可爱,而且都很能跑。"

老师脸上的笑容顿时僵住了,她心想:原来在大人看来很丑陋的动物,在孩子们的眼中并不丑。是啊,谁也没有规定美丑的标准,孩子眼中的美难道就不是美吗?

想到这里,老师的脸上又重新露出了微笑,她伸手拿过小女孩手中的作业本,在那个比喻句后面打上了一个大大的红勾。

花仙子彩笺

为什么野猪、野狗就一定是丑陋的呢?它们也有可爱的一面呀!不管是动物还是人,都没有绝对的丑陋,每个人看待问题的角度不同,当然会得出不一样的结论啦!如果你用一颗纯真的心去看待这个世界,你会发现美无处不在。

心香一瓣

老鼠真的很讨厌吗?《猫和老鼠》中的小老鼠多讨人喜爱呀!胖娃娃很丑吗?《喜羊羊与灰太狼》中胖嘟嘟的暖羊羊不是很可爱吗?只要你的心是美的,你看到的很多事物都会是美的。

我会死吗

医生去一家孤儿院义诊,遇到了这样一对兄妹。哥哥得了很严重的病,急需输血,可是他的血型很特殊,一时找不到合适的血源。八岁的妹妹伤心极了,她觉得唯一的哥哥就要离开她了。

情急之下,医生蹲下身子,对正在伤心落泪的女孩说:"你的哥哥现在需要输血,你是否愿意抽一些血给他?"

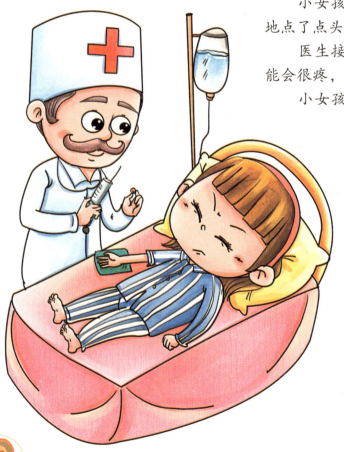

小女孩抹了一把眼泪,郑重地点了点头。

医生接着询问道:"抽血可能会很疼,你能承受得住吗?"

小女孩紧握着拳头犹豫了一会儿,然后再次咬着牙点点头。

医生心想:她毕竟是个孩子,怕疼很正常。

接下来,小女孩按照医生的吩咐,躺在了哥哥旁边的病床上。然后,长长的针管插进她瘦小的胳膊里,她痛得咬紧了牙,却没发出一声喊叫。

抽血结束了,小女孩朝邻床上的哥哥微微一笑,然后转过头来,一脸哀伤地问医生:"我会死吗?"

医生顿时被小女孩的话怔住了:原来她以为输血会有生命危险,那在这之前,她付出了多大的勇气啊!

医生一脸心疼地看着小女孩,回答道:"不,你不会死!"

"那,那我还能活多久?"小女孩又怯生生地问。

医生抚了抚她那稚嫩的脸,笑着说:"孩子,上帝会保佑你,你能活一百年!"

小女孩一听,脸上终于露出了开心的笑容。接下来的一幕,让在场的所有人都震撼了,只见小女孩挽起衣袖,一脸坚定地对医生说:"我要把我的血分一半给哥哥,这样我们都能活五十年。"

花仙子彩笺

"我会死吗?""把我的血分一半给哥哥。"这是多么纯真无私的两句话啊!小女孩对哥哥真挚的爱多么打动人心啊!它就像冰天雪地里的一朵雪莲花,坚韧地绽放着,带给人们温暖,也带给人活下去的希望。

如果所有人都能永远保持一颗童心,那我们的世界将充满阳光,不管是疾病还是苦难,都会逃之夭夭。

心香一瓣

邻居家的小妹妹很想要你手中的玩具,你会忍痛割爱让给她玩吗?这个决定虽然很艰难,但是看着小妹妹开心的样子,想必你也会很快乐。记住,有时候割舍也是一种获得。

只不过停电了

美术课上,老师让同学们以"我的家"为主题画一幅画。

坐在第一排的小女孩认真思考了一会儿,拿出画笔开始作画。

她先画了一张大餐桌,餐桌上摆了几盘冒着热气的菜,以及三副碗筷,每副碗筷对应一把椅子。

老师看着她画完这些,然后默默走开了。

过了一会儿,老师折回来一看,小女孩已经在餐桌旁添上了妈妈,妈妈手里端着一碗热气腾腾的汤,脸上挂着温柔的微笑。

又过了一会儿,爸爸也出现在餐桌旁,旁边站着一个满脸幸福的小女孩。

最后,小女孩在画纸的上方画了一盏大灯,还用金黄色的彩笔画上一条一条的光线。

老师看着这幅充满温馨的图画,微笑着点了点头,心想:这是多么温暖的画面啊,这个家庭真幸福。

老师刚想开口表扬小女孩一番,只见小女孩忽然拿起一只黑色彩笔,在刚刚完成的杰作上一笔一笔地涂起来。不一会儿,那幅充满温情的晚餐图就消失不见了,取而代之的是一片沉重的黑暗。

一旁的老师吃惊地看着眼前的一切,她实在想不明白,小女孩为什么要这么做呢?突然,她心中一紧:难道,这个孩子的家庭很不幸?或者,孩子的心理不健康?这些问题堵在她的喉咙里,又被她硬生生地吞了回去。

老师镇定下来,俯下身子,小心翼翼地问道:"孩子,你为什么要把画好的画涂掉呢?"

小女孩张开嘴巴"扑哧"一笑,回答道:"因为停电了呀!"

花仙子彩笔

小女孩虽然把用心画好的画涂黑了,她却得到了快乐。对大人来说,那张涂黑的画代表不幸,代表悲伤,可是在小女孩的心里,却是一出有趣的戏剧。只要有想象力,又有什么不可能、不可以的呢?

我们是不是也应该像故事中的小女孩一样,为生活、为学习增添一些幻想,涂上一点意想不到的惊喜呢?

心香一瓣

学习并不是读书、背书、默书,发挥你的想象力,把数学题目变成一个游戏,将枯燥的课文变成一首诗歌,你会发现里面有无穷的乐趣。

像圣诞花一样幸福快乐

花之说

在遥远的墨西哥，有一个小村庄，那里四季如春，农田肥沃。一条清澈的小河从山间流出，横穿整个村庄，终年不息。村民们依水而生，过着安逸幸福的生活。

一年夏天，小河的上游发生了泥石流，一块巨石从山间滚落，堵在了河流上。这条小河是全村唯一的水源，没有了水源供应，农田一天天干涸，庄稼日渐枯萎。更可恶的是，火辣的太阳也跑出来火上浇油，把土地都晒得裂开了。看着眼前的景象,村民们陷入了深深的绝望中。

就在这时,一个名叫波尔切里马的年轻小伙子站了出来,他毅然决然地背起锄头,朝山里走去。

他来到挡住水源的巨石旁,开始用锄头奋力地掘起石头来。一开始,巨石顽固地立在那儿,一动不动。可是,波尔切里马从没想过放弃,他咬着牙,拼尽全身力气,一下又一下努力地掘石。

只听见"砰"的一声巨响,巨石终于被掘开了。积压已久的河水像千军万马一般,奔涌而出,波尔切里马猝不及防,被洪水冲走了。

河水又流进了村子里,农田又恢复了生机,可是波尔切里马却不见了。村民们沿着小河,一路寻找,始终也没有找到。

后来,人们在小河边发现了一株鲜红的花朵,为了纪念波尔切里马,他们为花取名"波尔切里马花"。这种花就是我们熟悉的圣诞花,它日日夜夜矗立在河边,守护着小村庄。从此,人们又过上了幸福快乐的生活。

花之语
幸福快乐,有沙漠中的绿洲之意

花之意
圣诞花,又叫一品红,英文名为"poinsettia",常用来做圣诞节的摆设

圣诞花一族
对人热情
有春天般的笑容
性格开朗活泼
对生活充满希望

幸福快乐藏在哪

一天,上帝对众天使说:"我要把'幸福快乐'藏在一个隐蔽的地方,人们只有经过努力才能得到它。你们说,我应该把'幸福快乐'藏在哪里呢?"

天使们听了,都认真地思考起来。

不一会儿,一位天使站出来,说道:"我认为,应该把'幸福快乐'藏在最高的山峰上,人们要想找到它,必须经历艰难险阻。"

"不行,不行!"上帝摇了摇头,说,"这对住在平原上的人很不公平!"

另一位天使说道:"那么,把'幸福快乐'藏在最深的海底

吧，人们要想找到它，必须付出很大的勇气和努力。"

上帝听了，还是直摇头："不行，不行！这对不会游泳的人很不公平！"

究竟把"幸福快乐"藏在哪里最合适呢？天使们一下子都没了主意。就在这时，一位小天使跳出来，大声说道："依我看，还是把'幸福快乐'藏在人们的心里吧！"

"这话怎么说？"上帝眼前一亮，迫不及待地问道。

小天使继续说道："第一，每个人都有心，这对人们来说是最公平的地方；第二，人们总是在外面寻找'幸福快乐'，很少有人会想到它就在自己身上，如此一来，这也是最隐蔽的地方。"

上帝听了大悦，立马下令把"幸福快乐"藏在了每个人的心里。

花仙子彩笺

幸福在哪里？快乐在哪里？很多人一辈子都在寻找。有的人埋怨，为什么别人看起来总是比自己快乐？有的人追逐，因为他们觉得有了名利，才会幸福。其实，真正的幸福快乐，就在每个人的内心深处。只有用心热爱生活、感谢生活的人，才能得到它。

心香一瓣

早晨，妈妈为你准备爱心早餐，这是一种幸福；中午，你和同学们一起做游戏，这是一种幸福；放学后，爸爸耐心地帮你辅导功课，这也是一种幸福。只要你用心感受，幸福无处不在。

别为明天烦恼

艾玛是修道院的修女,院长安排她每天早上清扫院内的落叶。到了秋冬季节,院子里经常会铺上厚厚一层落叶,清扫工作也变得困难起来。更让她烦恼的是,不管头一天她打扫得多干净,到了第二天早上,院子里照样堆满了落叶。

艾玛心想:我要想个好办法,将落叶一次性清干净。

她琢磨了好几个晚上,终于有了主意。

这天,她叫来另外两位修女,对她们说:"咱们三人合力摇树,将树叶统统摇下来,这样我就能一次把落叶扫干净了。"

于是,三人抱着树用力摇晃起来,树叶"哗啦啦"地往下落,不一会儿就盖满了院子。艾玛拿来扫把,高高兴兴地扫起来。

辛苦了一天,艾玛总算把落叶全都扫干净了。她回到房间,安安稳稳地睡了一觉。

第二天,艾玛起得特别晚,她心想着:我终于可以不用打扫院子啦!可是,当她打开房门一看,立马傻了眼,院子里

的落叶竟然比往常还要多。

艾玛气不打一处来,她大声嚷嚷道:"谁!究竟是谁把落叶撒在地上的?"

这时,院长走了过来,说道:"孩子,没有人将落叶撒在地上,是树自己落下来的叶子。"

"这不可能,昨天我已经很用力地把落叶摇下来了。"艾玛一脸肯定地说。

"孩子,"院长又说道,"不管你今天花了多大力气,明天落叶还是会掉下来的。世界上有很多事是没法提前完成的,明天的事就等到明天去烦恼吧,你只要认真过好今天就行了。"

艾玛听了,若有所思地点了点头。

花仙子彩笺

有人说,人生中大部分的烦恼都是不存在的,都是我们想象出来的。是啊,明天的事永远都是难以预料的,为什么要为明天的事烦恼呢?即使明天真的有不幸来临,也没必要今天就为它付出代价,明天面对也不迟。

"怀着忧愁睡觉,就是背负包袱睡觉。"丢掉这不必要的包袱吧,过好现在,过好今天才最重要!

心香一瓣

别总担心长大后会遇到很多烦恼,就把自己整个欢乐的童年给浪费掉;别总惶恐升学后会增加很多难懂的课程,就将整个惬意的暑假荒废掉;也不要害怕几天后的考试会考砸,就让自己的周末在不安中虚度掉。

镜里镜外

有一个叫爱丽丝的女人,经过多年奋斗,到了中年,终于实现了自己的理想,拥有了数不尽的财富,成了所有人羡慕的对象。

可是,当理想成为现实时,她并没有自己预计的那么快乐。而她的朋友凯莉,只是经营着一家小小的庄园,却常常听到她快乐的笑声。这是为什么呢?

有一天,爱丽丝遇到凯莉,就问道:"我现在的钱可以买你1000个庄园,为什么却没有你快乐呢?"

凯莉笑了笑,指着一旁的窗子问:"从这扇窗看出去,你能看到什么?"

爱丽丝看了看,回答道:"我看到有很多人在逛花园。"

凯莉又把爱丽丝带到一面镜子前,问道:"那么,现在你又看到了什么?"

爱丽丝看着镜子里一脸倦容的自己说:"我自己。"

"哪个风景让你看得更远,心情更好

呢？"凯莉又问。

爱丽丝回答："当然是窗外的风景！"

凯莉一听笑了，她拍拍爱丽丝的肩膀，语重心长地说："你总是觉得不快乐，就是因为你只看到镜子里的自己呀！如果，你愿意掉过头来，多欣赏一下窗外的风景，多看看你周围的世界，你会更快乐一些。"

从那以后，爱丽丝不管多忙，都会经常陪家人去旅行，时常参加朋友间的聚会，还常常去福利院做义工……

有一天当她再次站到镜子前时，发现镜子里憔悴的自己不见了，出现在她眼前的是一个笑脸如花的女人！

花仙子彩笔

在见到凯莉之前，爱丽丝为什么不快乐？因为她一心只关注自己的理想、事业，困在自我狭小的空间里，忽略了身边很多美的风景，也与很多快乐的事失之交臂。其实，快乐就像一个爱热闹的精灵，它也厌倦孤独，总爱往人多温暖的地方去。

心香一瓣

你是否有这样的感觉，当你和家人们一起聚餐时，当你和伙伴们一起做游戏时，快乐总能轻而易举地跑出来，挂在你的脸颊上，飞翔在你的心间？没错，只要你愿意打开自己的心窗，快乐无处不在。

别让花儿枯萎

小琴很想考上省重点高中,同时她也非常喜欢跳舞。初中的最后一个学期,小琴决定忍痛割爱放弃跳舞,全身心投入到紧张的学习中。

为了激励自己珍惜时间,刻苦学习,小琴在书房里贴了一张座右铭,上面写着:"时间就是金钱。"

小琴的爸爸看到了,就问道:"小琴,你为什么要写这样一句话呢?"

小琴自豪地说:"爸爸,我要用它提醒自己,不要整天只想着跳舞,而是要抓紧时间学习,争取考上重点高中。"

爸爸听了什么也没说,他从厨房里取来两只玻璃杯,倒扣在桌上,然后分别扣进去一朵鲜花和一枚硬币。

小琴十分疑惑地看着爸爸,爸爸一脸神秘地说:"明天晚上揭晓谜底。"

第二天,爸爸指着桌上的瓶子问道:"小琴,你看看瓶子里有什么变化没?"

小琴仔细瞧了瞧,发现瓶子里的花

朵已经蔫成一团，而另一只瓶子里的硬币完好无损。

爸爸将花和硬币取出来交给小琴，然后说道："时间让鲜花枯萎，可是硬币还在那儿。这说明时间流逝就再也追不回，而金钱却能够储存。这样看来，时间似乎比金钱更珍贵啊！"

小琴听了，似懂非懂地点了点头。

爸爸接着说："小琴，你对舞蹈的热爱就如同这朵鲜花，一旦将它关在瓶子里，时间悄悄溜走，热情就会枯萎，再也不能复原。爸爸非常支持你考学，可是并不建议你为此付出全部的精力。学习固然重要，可是快乐地学习更重要啊。"

小琴终于明白了爸爸的良苦用心，从那以后，她合理安排时间，一边用功读书，一边继续快乐地跳舞。

花仙子彩笺

学习固然重要，可是如果因为这样丢掉快乐，是不是也很不划算呢？学习并不是负担，我们应该以轻松的姿态面对它，试着让它变成一件快乐的事。同时，生活本就多姿多彩，千万不要让学习书本知识占满你的时间，留一些时间给自己的兴趣爱好吧，别让它在时间的玻璃瓶子中枯萎，留下不能弥补的遗憾。

心香一瓣

你愿意变成一个除了学习，其他什么也不会的孩子吗？这样你会快乐吗？我们应该在不耽误学习的前提下，适当地培养自己的兴趣爱好。不管是跳舞，还是唱歌，只要是你喜欢的，都可以义无反顾地去追求。

凯特夫人的花园

富有的凯特夫人拥有一座花园。花园又大又美,吸引了不少游客前来游玩。

年轻人在绿草茵茵的草坪上欢快地舞蹈;小孩子在花园里穿来穿去捉迷藏;老人们拿着鱼竿在池塘里钓鱼;还有的人甚至把帐篷都搬了过来,在此过夜。

看着游客们随意出入花园,凯特夫人十分生气,心想:这可是我的私人花园,可不是随便什么人都能进的。于是她叫来仆人,弄了块牌子挂在花园门口,上面写着:"私人花园,禁止入内。"

但这个方法一点儿也不管用,人们还是照常进入花园,尽情游玩。

为了"赶走"这些游客,凯特夫人绞尽脑汁,终于想出了一个好办法。一天,她在门口立了一块新牌子,上面写着:"此处有毒

蛇，请慎入。"

果然，游客们看到了牌子上的警告，都不敢再靠近花园。从那以后，再没有人去花园里游玩了。凯特夫人看着安静的花园，得意地笑了起来。

一年后，花园因为太大，走动的人太少，杂草趁机侵入，占领了整个花园，花儿们渐渐枯萎。凯特夫人看到这破败不堪的景象，不停地叹气，此时她多么怀念那些快乐的游客啊！

于是，她将花园整修了一番，换上了一块新的牌子，上面写着："此处毒蛇已清理，游客们可安心游玩。"

有了游客的加入，花园又重新焕发出生机勃勃的景象。看着快乐的人们，凯特夫人的心里也乐得开出了一朵花。

花仙子彩笺

快乐来自分享。人的心灵就像这座美丽的花园，如果在门口贴上"禁止入内"的告示，就没有人与我们分享快乐，种植幸福。慢慢的，它就会渐渐荒芜，变成一片废墟。

如果我们能撕下那张不近人情的告示，把自己的快乐与他人分享，就会获得双倍的快乐，我们的心灵花园也会开出更多更美的花朵。

心香一瓣

让伙伴住进你的心里，也走进伙伴们的内心世界里，一起分享彼此的美丽童话、纯真美梦和奇特小秘密。

飞往前线的天使

玛丽是一个美国女孩，也是一位小有成就的小提琴家，她的爸爸是一位富有的商人。玛丽拥有世界上所有她想要的东西——钱、昂贵的衣服、各种各样的奢侈品。

然而，1914年第一次世界大战爆发时，玛丽却和爸爸说："我要去欧洲，去把快乐带给战士们。"

"噢，我的天使，那可不是个会让人快乐的地方。"爸爸当然坚决反对。

"爸爸，你要相信你的女儿，我有这个能力和天赋。"

最终，这个已经小有成就的音乐家，说服了爸爸，毅然决然地踏上了旅程。

玛丽带着心爱的小提琴，和同伴们来到了硝烟弥漫的欧洲，抵达了前线。一开始，她被分配到食堂，每天负责的工作是打扫卫生，刷盘子，做几桶热热的可可牛奶。要知道在这之前,玛丽连厨房都没进过。

到了晚上,玛丽就来到营地,为士兵们拉奏小提琴。士兵们随着她美妙的乐曲欢快地唱歌、跳舞,就连将军也被她吸引,加入了这个快乐的队伍。玛丽的乐观与热情深深地感染了士兵们,不管战争多么残酷,他们的脸上总是带着笑容。

在欧洲的那些日子,玛丽始终陪伴着士兵们,就连上前线,玛丽也一同前往。为了照顾那些伤员,她甚至几天几夜都没有合眼。她走到哪里,就把小提琴带到哪里。那些美妙的音符,飘荡在营地的每个角落里,给人们带来了希望和快乐。

为此,将军给她发了一枚精美的勋章,表彰这个天使给战争带来的快乐。可她却说:"给别人带来快乐的同时,我也就得到了快乐。"

花仙子彩笺

能带给别人快乐,自己也会得到快乐。快乐与付出是一对并蒂花,没有付出,就不会收获快乐,相反,想要获得快乐,就必须学会付出。同时,"快乐"是世界上最划算的买卖,只要肯付出,就一定会得到更多。

千万不要吝啬你的快乐,用你的快乐去感染身边的每一个人,用你的真心去帮助需要帮助的人,你会发现,实际上你才是最大的受益者。

心香一瓣

做班级里的开心果,用你的幽默和快乐感染身边的每一个人;当身边的人不开心时,更要发挥你搞笑的本领,让她快乐起来。

加上快乐那一分

小玉的脸上有一块难看的胎记，因为怕遭到同学们的嘲笑，她总是一个人独来独往。也因为这样，小玉把全部心思都放在了学习上，这使她的成绩一直在班级名列前茅。

小玉的数学成绩尤其好，每次考试她都能做对全部题目。可奇怪的是，每次得到的分数却只有99分，小玉实在想不出这一分扣在哪里，但她又不敢问老师。她心想：莫非，老师也嫌我长得难看？

一天，数学老师组织大家去郊外游玩。同学们一看到那些青草红花，就像一只只获得自由的鸟儿，成群结伙地玩闹起来，只有小玉一人站在原地一动不动。

老师走到小玉身边，问道："小玉，你怎么不和大家一起玩？"

小玉低着头，怯生生地回答道："我知道自己长得丑，没有人会愿意和我玩的。"

"你都没有试，怎么知道大家不愿意和你玩呢？"老师说着，拉起小玉的手，朝一群正在玩抓人游戏的女生跑过去。

"我和小玉能加入吗？"老师问道。

"当然！"女生们异口同声地回答道。

一开始，小玉还有些拘谨，站在原地不知所措。可是，渐渐地，她被同学们的热情感染，也开始大声笑，大方地玩起来。

回去的路上，老师凑到小玉耳边，悄悄问道："你今天快乐吗？"小玉微笑着大声回答道："是的，我很快乐！"

几天过后，又迎来了一次数学考试。当试卷发下来时，小玉大吃一惊，因为上面竟然是100分。小玉抬起头来，不解地望着老师。

老师早就猜出了她的心思，走到她身边，意味深长地说："之前，老师一直给你99分，是因为你少了'快乐'那一分。如今，你找回了属于你的快乐，才得到了真正的满分。"

花仙子彩笺

是啊，有什么比快乐更重要呢？如果我们不能加上快乐那一分，生活就不可能完满，即使获得再大的成就，拥有再多的财富，也还是会觉得缺少什么。因此，我们要快乐地生活，不管人生道路上有多少不如意，都要微笑着前进。

心香一瓣

为自己制订一张快乐计划表，每经历一次快乐的事，就为自己画上一个笑脸，看着纸上的快乐不停地累积，内心的快乐也会成倍地增长哦！

奇怪的法令

靠近北极圈的地方有一个小镇,这里常年冰雪覆盖,年平均气温仅四摄氏度。到了冬天,小镇更像是一个大冰箱,气温最低达到了零下四十摄氏度,泼出去的水立马就能结成冰。

在如此恶劣的环境下,水源冻结,草木不生,小镇居民的生活更是苦不堪言。因此,他们对生活感到绝望和无助,甚至有了离开这里去别处谋生的打算。

为了拯救小镇,让小镇上的人们振作起来,小镇委员会颁布了一条奇怪的法令。法令的内容为:每晚六点到七点的这一个小时里,镇上所有人都必须面带笑容,保持开心快乐的状态。这段时间不允许有吵架生气的行为,也禁止产生闷闷不乐、悲观沮丧等情绪。违令者将受到处罚,轻者罚款,重者强制观看搞笑的电视节目或电影。

一开始,人们对这条不寻常的法令表示不理解,甚至不以为然,他们认为这只是委员会走投无路的

疯狂举动罢了。

　　傍晚六点，身穿制服的执法者走上了街道，他们个个面带微笑，认真查看着每个过路的行人，观察他们是否在执行法令。凡是遇到违令者，执法者就会对他们依法进行"处置"，不过整个过程执法者始终保持微笑。

　　渐渐地，人们养成了习惯，每到晚上六点，大家就会不自觉地放下烦恼与痛苦，换上一张快乐的笑脸，与朋友、与陌生人欢聚一堂，载歌载舞，好不热闹。

　　终于，小镇从死寂中苏醒过来，恢复了生机。如今，小镇就如同一个充满欢乐的童话世界，在寒冷的北极圈绽放着灿烂的微笑。

花仙子彩笺

　　"每天快乐一小时"，这真是世界上独一无二的法令。在寒冷的北极圈，这条法令就像一杯暖暖的咖啡，温润了每一个人的心田。同时，它也让我们认识到："快乐"就像一个无孔不入的精灵，即使在最恶劣的环境下，只要我们内心充满阳光，它就能生根发芽，带来无尽的希望。所以，当你沮丧、烦恼时，记得"命令"自己快乐起来。

心香一瓣

　　在自己的内心存一面镜子，凡是遇到不开心的事，就拿出来瞧一瞧，让自己保持微笑，这样所有的不愉快就会烟消云散啦！

让女孩更完美的 100 个故事

像水仙花一样自尊自爱

花之说

在希腊神话中，拿斯索斯是一位俊美的少年，他的容貌甚至比女子还要精致。只要见过他的女子，都会被他的美貌吸引，从而深深爱上他。可是，拿斯索斯是那么的高傲，没有一位女子能走进他的心里。

一天，拿斯索斯去人间游玩，不知不觉走到了湖边。在这之前，他从没见过湖，觉得很新奇，就蹲下身子，凑了上去。突然，湖面上出现了一张美得让人窒息的面孔，拿斯索斯顿时着了迷。他心想：世界上竟然还有这样美的人儿，她究竟是谁呢？

拿斯索斯凝视着湖面上的美人，久久不肯离去。过了一会儿，他忍不住伸出手，去触摸美人。一阵碧波荡漾，美人突然不见了。拿斯索斯慌张极了，就在这时，美人又再次出现了。拿斯索斯怎么也没想到，湖中的美人其实就是自己的倒影。

时间一天天过去，拿斯索斯终日待在湖边，默默地守护着湖中的倒影。最后，他年轻的心枯萎了，倒在了湖边，化作了一朵水仙花。

后来，水仙花总是盛开在有水的地方，低头欣赏着自己的倒影。

花之语
自我欣赏、纯洁

花之意
水仙花，又叫凌波仙子，英文名为"daffodil"，原产于中国

水仙花一族
善于发现自己的优点
从不小看自己
对自己要求严格
能够独当一面
自尊心强
有一点儿小自恋

天使的记号

小杨在一次聚会上认识了一位新朋友——一个脸上有一块大胎记但很爱笑的女孩。当时,一向不爱说话的小杨正坐在角落里发呆,这个女孩不知从哪里走出来,热情地伸出右手,和小杨打招呼:"你好!我叫沈琪,你呢?"

接下来,两人聊得很投缘,很快熟络起来。之后,她们又相邀见了几次,渐渐成了无话不谈的好朋友。

沈琪活泼又开朗,似乎对脸上的胎记一点儿也不在意,她喜欢和不同的人交朋友,还热衷于参加各种演讲。越了解沈琪,小杨就越崇拜她。可是,小杨始终想不通,难道那胎记真的对沈琪没有一点影响?

一天,小杨实在忍不住了,就问道:"沈琪,你似乎并不在意那块胎记,你是怎么做到的?"

沈琪听了不但

没生气，还笑着回答道："谁说我不在意它了？不过，我所谓的在意，并不是嫌弃它，而是珍惜它！"

"珍惜？"小杨对这个答案感到十分疑惑。

"对呀！"沈琪继续说道，"小时候，我也为它烦恼过。可是爸爸告诉我，这个胎记是天使为我做的记号，它注定了我将会与众不同。我一直相信爸爸的话，所以我比别人更努力、更勤奋。正因为有了这个胎记，我才更加坚信我可以做得更好。你说，我难道不应该珍惜它吗？"

听了这番话，小杨完全被沈琪的开朗和自信所折服，她有理由相信，这个女孩将来一定会成为繁星中最闪耀的一颗。

花仙子彩笺

每个人都有缺陷或不足，如果你仅把它看做丑陋的缺陷，它就像细菌一样侵蚀你的心灵，让你陷入自卑和痛苦中；相反，如果你把它看做是特别之处，当做是你与众不同的优势，它就会变成一股神奇的力量，带领你乘风破浪、勇往直前。我们一定要相信，世界上没有缺陷，只有不同，请用这份"不同"去创造你的精彩未来吧！

心香一瓣

如果你的眼睛特别小，不用自卑，因为它笑起来多像弯弯的月牙儿啊！如果你的声音很沙哑，不用自卑，要知道，很多拥有独特嗓音的人，也能成为大众喜爱的歌星呢！

珍贵的石头

欢欢今年8岁,这个年纪本该爱玩爱闹,可是她却总爱躲在角落里发呆。原来,欢欢从小被父母遗弃,一直生活在孤儿院里。她一直觉得自己是一个没人要的孩子,活在这个世界上很多余。

一天,院长见欢欢又蹲在角落里,就走过去问道:"欢欢,你为什么不去和大家玩呢?"

"像我这样没人要的孩子,没有谁会喜欢和我玩的。"欢欢低着头沮丧地回答道。

院长听了欢欢的话,并没有急着安慰她,而是顺手从地上捡起一块石头,对她说:"如果你将这块普通的石头拿去市场上卖,一定会有很多人买。不过你要记住,不管别人出多少钱,你都坚决不卖。"

第二天,欢欢拿着石头来到市场上。她将石头握在手里,小声叫卖道:"谁要买石头?"

一开始并没有人理会她,可是过了一会儿,有个好奇的人前来询问道:"小姑娘,你这

石头怎么卖呀?"

欢欢怯怯地问:"您能出多少钱?"

"一块钱,卖不卖?"那个人打着趣儿问。

"不卖!"欢欢回答道。

"十块呢?"那人又问。

"不卖!"欢欢牢牢记着院长的叮嘱。

不一会儿,欢欢的四周围满了人,他们出的价钱一个比一个高,可是不管多高的价,欢欢始终摇头。

傍晚,欢欢兴奋地跑回孤儿院,对院长说:"我简直不敢相信,这样一块普通的石头,大家竟然抢着买,而且价钱还很高。"

院长听了,语重心长地说:"其实人就和这块石头一样,当你珍惜它时,它的价值就会提升。所以,只要你自己在意自己,就没有人会忽视你。"

花仙子彩笺

每一个人,不管他有多平凡,他都有自己的价值。这个价值,不是靠别人来评定,而是取决于你有多珍爱自己。如果你连自己都不珍爱,又如何去爱身边的人,感受身边的爱呢?

如果你认定自己是一块不起眼的陋石,那么你可能永远只是一块陋石;如果你坚信自己是一块无价的宝石,那么你可能就是一块宝石。怎么认识你自己,怎么看待你自己,决定一切!

心香一瓣

学会欣赏自己,多看看自己的闪光点,不要怨天尤人,不要自暴自弃。你是一块陋石,还是一块宝石,其实完全取决于你对自己的态度。

知道您是大明星

洛依德是著名的电影明星，整个巴黎的人都认识他。这天，洛依德的车子在半路上坏了，他只好将车开到附近的检修站。一个女工接待了他，但让人意外的是，她见到大明星洛依德后没一点儿惊讶或兴奋，只是很熟练地检查车子。

洛依德有点奇怪，主动搭讪说："小姐，请问您喜欢看电影吗？"

"当然，"女工轻描淡写地说，"我是个电影迷。"

见她态度冷冰冰的，洛依德讪讪地吐吐舌头，也不好意思再说话。女工的修车技术非常精湛，没多大工夫，车子就修好了。

女工提醒道："先生，您的车修好了，可以开走了。"

洛依德有些依依不舍，问："小姐，我想去兜兜风，您愿意陪我一起去吗？"

换作别人，一定欣喜若狂，哪知女工却委婉地拒绝了："对不起，先生，我还得工作。"

"您难道不亲自检查一下自己修的车吗？"洛依德不依不饶地说，"这也是您的工作。"

"好吧。"女工妥协了。

车子开了几里路，一点儿问题也没有，于是她说："先生，看来车子没有问题，请您让我下车吧。"

"难道您不想再陪我兜兜风吗？"洛依德意外地问。要知道，这是许多人梦寐以求的事情呢。

他不确定地问："抱歉，我再问一次，您平时喜欢看电影吗？"

"先生，我之前已经回答过了，我是个电影迷。"女工回答说。

"那您认识我吗？"洛依德接着问。

"怎么不认识，"女工笑靥如花，"您是大明星洛依德。"

这下，洛依德感到更奇怪了，他把心里的疑虑说了出来："既然您认识我，为什么对我还这么冷淡呢？"

女工正色说："先生，您说错了，我对您并不冷淡，只是不像别的女孩子那样狂热。虽然您是大明星，但是您来修车，就是我的顾客，我像接待其他顾客一样接待您，难道不对？假如您以后不是明星了，如果再来修车，我仍然是这样。"

听了这番话，洛依德惭愧地说："小姐，谢谢您，现在我就送您回去。"

花仙子彩笺

我们不要忘了，摘去头上的光环，明星和我们一样，都是平凡人。更不要忘了，明星们的光环都是我们给的，失去了我们的支持，他们的光环也不复存在。所以，不要把他们看得太过神化，也不要把自己看得太过低下。没有谁生来更高贵，也没有谁生来更低贱。既然如此，我们为什么要低下头，对那些有着耀眼光芒的人表示自己的卑微呢？抬起你的头，这样才不会失去自己的尊严。

心香一瓣

很多人以为明星很了不起，非常崇拜他们，其实仔细想一想，他们也是普通人，当作一个学习的榜样就好了，实在犯不着把他们当做神仙一样膜拜。

驴子学狗

有户人家养了一头驴和一只狗。

驴子每天不是在磨坊拉磨,就是去市场驮米扛盐,干的全是又脏又累的活儿,而且晚上还只能睡在又臭又冷的驴棚里。

相比之下,狗的生活就好过多了,它每天跟在主人身边,唯一的工作就是表演一些小把戏,逗主人开心。而且,主人对它像对自己的孩子一样疼爱,每天喂它好吃的食物,时不时地把它抱在怀里,还让它住在舒适又暖和的小木房子里。

在驴子看来,它和狗的生活相比,简直是一个地狱一个天堂。时间越久,驴子心里就越不平衡,它觉得老天对它太不公平了。

一天,驴子在驴棚里吃草,套住它脖子的缰绳突然松开了。驴子心中好一阵欢喜,它心想:我得趁这个机会好好表现表现,狗能做的事我也能做。

驴子踢开栅栏,"蹬蹬蹬"地跑到主人房间,学着小狗的样

子，抬抬前蹄，吐吐舌头，扭扭屁股。主人看见了，不但没表扬驴子，还大声呵斥着赶它出去。

驴子心想：一定是我的表演太简单了，我得来个绝的。于是，驴子摇头摆尾跳起舞来。糟糕的是，驴子的身体太大了，一不小心撞翻了桌子，打翻了好几个碗碟。

"啊！"主人以为驴子疯了，就想逃出去，不料驴子胆子越来越大，它竟然学着小狗的样子扑到主人身上，对他又舔又亲。

主人好不容易挣脱，赶紧跑了出去。没多久，他叫来一群人将"发疯"的驴子绑了起来，将它装进一辆卡车里，运走了。

卡车慢慢开动，驴子这才开始后悔，开始怀念自己在驴棚里悠闲地吃着草的日子。

花仙子彩笔

驴子擅长拉磨驮物，却想同小狗一样当主人的宠物，最后不但没当成狗，还失去了自己原本的生活。人不也是如此吗？如果不能认识自己，认可自己，一心想着模仿别人或变成别人眼中的自己，最后很有可能把自己都弄丢。要做就要做一个有自我、有主见的女孩，相信自己就是唯一，在自我的天空里绘出最美的颜色。

心香一瓣

不要见别人穿的衣服很漂亮，就立马去买；不要见别人会什么特长，就马上去学。只有合适自己的才是最好的，千万不要活在别人的影子里，做别人的翻版哦！

失踪的十元钱

一天清晨,阿瑟开车去郊外办事,路过一个小商店,便下车去买吃的。

阿瑟挑好食物,来到收银台前付账。售货员是个年轻的姑娘,她一边戴着耳机悠闲地听着歌,一边清点物品。

"一共八十元,谢谢!"姑娘算好账,低头倒腾起听歌的MP3来。

阿瑟拿出钱包,从里面抽出一张五十元和三张十元,放到收银台上,然后抱起一大袋食物推开门走了出去。

可是,阿瑟刚走到车门边,背后传来一阵清脆的喊声:"先生,请等一等!"声音的主人正是商店里的那位姑娘。

阿瑟疑惑地转过身来,问道:"还有什么事吗?"

姑娘将一把钱递到阿瑟面前说:"您可能没注意,您只给了我七十元。"

"不可能!"阿瑟简直不敢相信自己的耳朵,他气愤地回答道,"我明明给了八十元,一张五十元和三张十元。"

"您数数，这儿只有两张十元！"姑娘摊开手。

阿瑟不想为了十元钱耽误时间，他从口袋里掏出钱扔给姑娘，然后开车离去。

下午返回时，阿瑟又经过商店，没想到那位姑娘竟然站在马路中间拦住了他。

阿瑟摇下车窗玻璃，刚想发作，姑娘却抢先一步说道："先生，总算等到您回来了。"

"等我？难道我还有钱没付吗？"阿瑟压制着心中的怒火。

"不，不！"姑娘连忙摆手，回答道，"真的很抱歉，之前是我的失误，您确实给了八十元，那十元被风吹到了地上。这十元是还您的。"姑娘说完，将十元钱递给了阿瑟。

不过是十元钱的事，为了避免责骂和尴尬，姑娘完全可以将这件事不了了之。可是，她却等了一天，只为还回十元钱，以及对顾客说一声"抱歉"。

花仙子彩笺

做错了事，不去承认，真相也许会被时间带走，被众人遗忘，可是自己却躲不过良心的质问。如此一来，你伤害的不是别人，正是另一个渴望真诚的自己。记住，真诚是人最美丽的外套，是心灵最圣洁的鲜花，当你学会用真诚去面对别人时，你就赢得了别人的尊重，也维护了自己的尊严。

心香一瓣

不小心犯了错，一定要主动承认错误，这是一种洁身自爱的表现；小便宜不可贪，因为你在获得小利益的同时，会遗失自己最尊贵的东西——尊严。

爱挑刺的老人

胖女孩妮莎勤工俭学,找了一份护工的工作。她的东家是一位法国老奶奶,因其行动不便,女儿又不在身边,所以需要人照顾。在妮莎来之前,老太太已经换过好几个护工,原因大多是老奶奶太过苛刻,没人能受得了她。

一开始,妮莎认为自己有足够的耐心忍受老人的脾气。可是,事情并没她想的那么简单,不到三天她就已经受够了这位古怪的老人家。老人总是找各种理由挑妮莎的毛病,不是说她走路姿势难看,就是讲她眼神没礼貌。

有一次,老奶奶叫妮莎拿一块蛋糕给她,妮莎没多想,直接用手取来蛋糕递给她。

老奶奶一看,愤怒地大叫道:"你太不讲卫生了,你应该把蛋糕放在盘子上。"

当时,妮莎头都气昏了,但她还是忍住了脾气,照老奶奶的意思重来了一次。

事后,妮莎仔

细想了想，觉得自己做得确实不对，她怎么能用拿过抹布的手给老人拿蛋糕呢？

回到家里，妮莎对着镜子走了几步，发现自己走路确实很难看；而且，她还发现自己不笑的时候，看起来的确很没礼貌。原来，老奶奶并不是在挑刺，她说的话都有一定的根据。

从那以后，每当老奶奶指责妮莎时，她都会冷静去思考，自己是不是真的做错了？她一旦发现自己不对，就会马上改正。

慢慢地，老奶奶已经很少批评妮莎了，她甚至还会时不时地称赞妮莎几句，两人的关系由一开始的紧张变成了和谐。

妮莎也因为接受了老奶奶的批评，变得越来越自信优雅了。

花仙子彩笺

每个人心里都住着一株含羞草，当遭到看似不怀好意的"侵犯"时，就会缩紧自己，保护自己。很多时候，我们把这种现象叫做维护自尊。可是，这就是所谓的自尊吗？当然不是。真正的自尊不是拒绝别人的批评与指正，也不是固执地坚持自己错误的观点。能够正视自己的缺点与不足，才是真正自尊自爱的表现。

心香一瓣

当有人指出你的缺点时，要虚心地听一听，有则改之，无则加勉；当你和别人的意见相左时，要用理智来判断谁对谁错，如果你错了，要及时更正，如果别人错了，就将道理耐心地说给他听。

龅牙带来的好运

琳达从小就喜欢唱歌，她最大的梦想就是成为好莱坞明星。琳达天生拥有一副好嗓子，可是她并不具备当明星的条件，因为她每次唱歌时，都会露出那一排难看的大龅牙。

长大后，琳达在酒吧驻唱。为了避免被人嘲笑，演唱过程中，她总会尽量用上嘴唇盖住大龅牙。可是这样一来，不仅牙齿没遮住，还导致唱歌走调，引来台下嘘声一片。

这天，琳达演唱结束后走下舞台，有位男士叫住了她："嘿！我看过你很多次演唱，你似乎想掩藏什么，所以一直不自然。"

第一次有人如此直白地提出这个问题，琳达顿时有些不知所措，她支支吾吾地回答道："是……是吗？"

"你是不是觉得你的牙齿不好看？"那人直截了当地问道。

面对一个陌生人的质问，琳达简直要气昏了，她咬牙切齿地回敬道："先生，这和您有什么关系呢？"

那个人似乎很不识趣，自顾自地

说道:"其实龅牙并没有什么,你完全不需要遮遮掩掩的。你越是遮掩,观众就越是会注意到它,而忽略了你的歌声;相反,如果你不在意它,观众也就会忽视这件事,从而单纯地欣赏你的歌。我觉得你应该试着展示你的牙齿,它们会给你带来好运的。"

听到这番话,琳达顿时觉得内心透亮了。

从那以后,她再也不去注意牙齿,而是专注于唱歌这件事。果然如那位先生所料,牙齿给琳达带来了好运,她凭借着完美的歌声和独特的气质成了好莱坞著名的歌星。

花仙子彩笺

不能容忍生活中的不完美,只会给你的人生带来痛苦。总是纠结于自己不美的方面,而忽视自己美的地方,只会让自己越来越没自信,从而变成一个自己都讨厌的人。有时候缺陷就像一个顽皮的孩子,如果你排斥他,他就会淘气地把你的生活搅得一团糟;相反,如果你愉快地接纳他,他就会变得乖巧可爱,甚至为你的生活添姿添彩。

心香一瓣

每个人都不可能是完美的,如果你老是觉得自己这也不好,那也不好,那岂不是很累?所以,你要多看到自己的优点,每天对着镜子说:"我很棒!"

只看到我有的

有个叫黄美廉的女孩,在她还是个只会哇哇啼哭的婴儿时,患上了一种名叫脑性麻痹症的怪病。随着年龄的增长,这种病的症状也越来越明显:她的身体无法保持平衡,手和脚不受大脑控制,就连说话也模糊不清,而且相貌与身体的发育也越来越畸形。

爸爸妈妈带小美廉去医院治疗,医生给出的结论是:这个孩子活不过6岁。

死亡之神似乎就藏在小美廉的身边,随时准备把她带走。就算她能勉强活下来,也必须面对没有语言表达能力、不能自由活动等残忍的事实。尽管如此,小美廉还是坚强地活了下来。

慢慢地,黄美廉学会了走路、说话,甚至写字。更让人想不到的是,十几年后,她竟然靠自己的努力,考上了美国著名的加州大学,并且获得艺术博士学位,成为一名画家。

黄美廉的传奇故事震惊了世界,她被邀请去各国各地演讲。在一次演讲会上,有个学生突然站起来问道:"黄博士,请问您如何看待自己的长相?您不觉得这个世界很不公平吗?"

会场的空气顿时凝固了,气氛变得异常尴尬,大家都为这个冒失的孩子捏了一把冷汗。可是,黄美廉一点儿也没生气,她笑了笑,转过身去,在黑板上写下这样几行字:

1.我觉得自己很可爱;

2.我有一双又长又美的腿;

3.我的爸爸妈妈很爱我;

4.我的画画得很棒,我还会写文章……

最后一行,她写上了这样一句话:我只看到我有的,从来不看我没有的!

花仙子彩笺

金无足赤,人无完人。每个人都有自己的缺陷,也有自己的优点和长处。如果我们的目光老是盯在自己的缺陷上,我们就会越来越自卑;如果我们能像黄美廉一样,善于发现自己身上的优点和长处,就会惊讶地发现,只要我们肯挖掘,肯努力,自己本身就是一个蕴藏着巨大财富的金矿!

心香一瓣

虽然你不漂亮,但你很健康;虽然你的腿有点毛病,但你有一个幸福的家庭……把自己的优点写十个出来,贴在书桌前,每天早上上学前,看一看,你就会信心百倍噢!

这不是缺点

有个女孩,她胆小又自卑,总觉得自己什么都不如人。渐渐地,她越来越讨厌自己,甚至想把自己藏起来,不见任何人。

妈妈想让女儿好起来,就带她去看心理医生。

心理医生了解了女孩的症状,微笑着问她:"孩子,你觉得胆小是缺点吗?"

女孩低着头怯怯地回答道:"是的。"

心理医生摇摇头说:"不,在我看来,胆小是个优点!因为胆小的人都很谨慎,你能说谨慎是缺点吗?"

女孩抬起头来,有些疑惑地望着心理医生:"先生,我不明白您的意思。"

心理医生并不急着解释,而是继续问道:"你觉得嗜酒是缺点吗?"

"是的!"女孩十分肯定地说,"邻居家的叔叔就是个酒鬼,大家都很讨厌他。"

心理医生说:

"你知道'诗仙'李白吗？他也是个酒鬼呢！每次喝了酒，他总能作出'惊天地，泣鬼神'的诗句。你能说嗜酒是他的缺点吗？"

女孩似懂非懂地点了点头。

心理医生又问："那你觉得啰唆是缺点吗？"

女孩想了想，不是十分确定地回答道："应该是吧！"

心理医生笑着说："你读过巴尔扎克的小说吗？他里面对场景的描写特别啰唆，有时候光一间屋子就能描述几十页纸呢！可是，人们都喜欢看他的小说，这所谓的啰唆反倒成了他的优点了。"

听了医生的话，女孩恍然大悟，她激动地说："我明白了，有些缺点，如果能好好发挥它的优势，也很有可能变成优点，就像李白、巴尔扎克那样，对吗？"

"对呀！"医生说，"现在你就发挥自己的优势，你不知道你有多么的聪明，多细心！"

终于，女孩的脸上露出了灿烂的笑容。

花仙子彩笺

一个生性散漫的人，也许成不了军人，却能成为一个感性的艺术家；一个不善言辞的人，也许成不了演说家，却能成为一个严谨的科学家。缺点之所以为缺点，是因为你没有将它放在对的位置，而让它变成阻挡你向前的障碍。如果你将它放在合适的地方，它就能成为你的特点，成为你出类拔萃的筹码。

心香一瓣

想想看，你有什么自己觉得是缺点的缺点呢？把它们写出来，再看看它有没有可能转化成优点呢？

让女孩更完美的100个故事

像矢车菊一样顽强不屈

花之说

很久以前，德国发生了一场内战。战争使德国王室陷入危机，王后路易斯不得不带着两位年幼的王子逃走。

他们的马车一直朝森林里驶去，可是到了半途，车子竟然坏掉了。路易斯王后只好领着孩子们躲进了附近的一片花丛里。

这片蓝色的花海里，开满了灿烂的矢车菊。两位王子很快忘记了苦难，在花丛中嬉戏起来。路易斯王后在不远处搭了一个帐篷，接下来的几天，他们将在此度过。

　　天公不作美，几天下来阴雨不断。那丛矢车菊齐刷刷地趴倒在地面上，一副无精打采的样子，路易斯王后看了之后，开始感伤起来，她想这些花儿和他们一样，也逃脱不了命运的捉弄。

　　可让她没想到的是，当太阳升起时，这些顽强的花儿们又挺直了腰杆，甚至比以前更壮美、更茂盛了。

　　路易斯王后看着这些花儿，激动地对两个孩子说："你们一定要像矢车菊一样，即使环境再恶劣，也要顽强生长。"

　　威廉王子牢记母亲的话，经历了重重艰险，在很多年后终于统一了德国。从那以后，矢车菊就成了德国的国花。

花之语
顽强、乐观，勇敢地追求幸福

花之意
矢车菊，又叫蓝芙蓉、翠兰，英文名为cornflower，是德国以及马其顿的国花

矢车菊一族
时而温柔可爱
时而严肃含蓄
外表柔弱、内心却坚强无比
面对困难总是越挫越勇

让女孩更完美的 100 个故事

为木桶加点重量

露西是穷人家的孩子,她从小就一边读书一边做工,赚一点儿微薄的工钱,贴补家用。

露西做工的地方是一家酿酒厂,她每天的工作就是把用过的酿酒桶擦洗干净,然后整齐地摆放在一旁。

这个活儿看起来很轻松,实际上并不好做。因为,摆放酒桶的地方正好在入风口,每天晚上,可恶的大风都会把酒桶吹得到处都是。第二天早上,老板一看到这样的景象,就会劈头盖脸地骂露西,甚至扣掉她的工钱。露西虽然很委屈,但她也只能在一旁默默地掉眼泪。

她心想:如果我不能解决这个问题,就只好放弃这份来之不易的工作了。要是这样,家里的生活将过得更加艰苦。

露西一边擦着酒桶,一边思考着这个严峻的问题。就在这时,她抬头看见工人们正在往木桶里装酒,他们装好酒后,将盖子盖上,再

在上面压一块大石头。工人们的这一举动，让露西很是好奇。于是，她走过去问道："你们为什么要在酒桶上放一块石头呢？"

其中一个工人回答道："酒桶盖上压上石头，盖子就不会轻易被掀开啦！"

露西一听，拍了拍脑袋，惊喜地叫起来："我怎么没想到呢！"

她赶紧跑去搬来一块块大石头，放在空酒桶的盖子上。做好这些后，她才放心地回家去了。

第二天一早，露西就跑去了酿酒厂。她来到摆酒桶的地方一看，那些酒桶竟然听话地站在原来的地方，一动都没动呢！

露西终于高兴地笑起来："这真是太妙了。虽然，我不能让夜晚的风停下来，但我只要加重酒桶的重量，它们照样不会倒啦！"

花仙子彩笺

是啊，我们不能让风停止，就只能加重木桶本身的重量。其实，生活不正是如此吗？我们不能改变周遭的环境，也无法让困难消失，就只有让自己变得更加强大，来对抗所有的不幸。记住，想要不被苦难打倒，最有效的方法就是增加自己的"重量"。

心香一瓣

一开始练排球，你也许一个球也接不住，只要你坚持练习，训练自己的手感和耐击打能力，就能完成从零到十的跨越；一次考试成绩不理想，不要气馁，再接再厉，把基础打扎实，不怕下次考不好。

一切都在

齐娜刚和丈夫离婚,又被老板炒了鱿鱼。仿佛就在一夜之间,她失去了所有,她的心情也因此跌到了谷底。

一天,齐娜接到妈妈的电话,电话那头传来担心的声音:"我的女儿,你还好吗?"

齐娜看似坚强的心一下子被击碎,她哽咽着说:"妈妈,我现在一无所有了。"话音未落,她已经泣不成声。

"如果你在外面过得不顺心,就回家吧!"妈妈心疼地说。

第二天一早,齐娜就背起行囊,搭上了回家的火车。

回到家里,齐娜的心情并没有好转。她终日坐在门口,一言不发,仿佛整个世界都与她无关。

一天傍晚,妈妈走到齐娜身边,对她说:"女儿,你能陪我出去走走吗?"

齐娜挽着妈妈,走在乡间的小路上。左边是嫩绿的秧苗,右边是潺潺流动的小河,偶尔有小鸟从头顶飞过,斜阳温柔地打在她们的脸上,好一幅唯美的春景图。

一路上,齐娜

和妈妈都没有说话。她们走啊，走啊，不知不觉天色暗了下来，秧苗、小河、小鸟渐渐被黑暗笼罩。不一会儿，就什么也看不见了。

这时，妈妈突然开口问道："女儿，你看到了什么？"

"妈妈，一片漆黑，我什么也看不到。"齐娜回答道。

"是啊！"妈妈说，"夜晚来临，小花、小草、小河，什么景色都看不到了，可是你不能否认，它们一直都在啊！"

"妈妈……"齐娜似乎明白了什么，她握住妈妈的手，一时间不知道说什么好。

妈妈又说道："女儿，一切都在，你并没有一无所有，只要你肯点亮心里的灯，所有的景色都会重现的。"

听了妈妈的话，齐娜的心情豁然开朗，她紧紧地拥抱住妈妈，激动地回答道："是的，您说得对，一切都在！"

花仙子彩笺

人的生命中也有白天和黑夜，当黑夜来临时，一切都被黑暗吞没，看起来像是什么也不存在了。可是这种失去只是一种假象，当黎明的曙光照亮大地时，一切都还在。所以，当你觉得自己失去了很多东西时，请不要沮丧，只要你找到了内心的阳光，就能找到失去的所有。

心香一瓣

虽然这次你没有获得"三好学生"称号，但这份荣誉一直都在，一直都为你保留，只要你肯努力、上进，它终归属于你。很多东西看起来失去了，但只要你肯努力，它就会失而复得。

珍珠如何炼成

很久以前,大海边住着一群沙粒,它们从来不知道自己的价值,每天过着平淡无奇的生活。

一天,海边来了一位养蚌人。他对沙粒们说:"你们谁愿意跟我走,我将把他打造成世界上最美的珍珠。"

沙粒们一听说养蚌人能将自己变美丽,都争先恐后地抢着要跟他走。

养蚌人又接着说:"但是,要想成为一颗珍珠,必须住进蚌壳里,经历数不尽的艰辛和磨难。"

这下沙粒们都闭上了嘴巴,吓得直往沙里钻。就在这时,一个微弱的声音从沙粒中传出来:"我愿意!"

所有的沙粒转过头一看,是他们中最小的一颗在说话。于是,他们发出了一阵嘲笑声,并劝说道:"小沙粒呀,你要是住进蚌壳里,就再也见不到阳光、雨露、大海,每天只能活在冰冷、黑暗里,这样做一点儿也不值得。"

可是小沙粒的决心没被动摇，他依然跟着养蚌人踏上了旅程。

就在将小沙粒放进蚌壳里之前，养蚌人再次问道："小沙粒，你必须明白，接下来几年，甚至十几年的时间，你都要在黑暗中孤独地生长，甚至付出生命的代价。最可怕的是，即使你付出了全部的努力，也不一定真的能成为珍珠。你要想清楚，是否真的愿意这样做？"

小沙粒什么也没说，仍然坚定地点了点头。

就这样，小沙粒住进了蚌壳里，开始了漫长的历练。

时间过了一年又一年，小沙粒在蚌里受尽磨难，可是它始终没有放弃，依然咬牙坚持着。几年之后，小沙粒终于长成为一颗完美无瑕的珍珠，而他的伙伴们依然只是沙粒，有的还风化成了泥土。

花仙子彩笔

从沙粒变成珍珠，不是一朝一夕之事，它需要经历无数艰辛与磨难，接受时间长河的考验。只有经受住这些，它才能真正成为一颗晶莹剔透的珍珠。人也是一样，要想成为耀眼的"珍珠"，就必须具有顽强不屈的精神，经得起时间的考验，经得起任何困难险阻的打磨。

心香一瓣

做任何事都是"台上一分钟，台下十年功"。比如，要想成为一名出色的舞蹈家，就要经受住无数次劈叉、下腰、踮脚的痛苦，才能成就那一刻的辉煌。

势不可挡的音乐家

格兰妮在苏格兰的一个农场里长大，她从小就对音乐充满热情。格兰妮八岁开始练琴，后来又对打击乐情有独钟，她还为自己定下了一个伟大的目标——成为一名打击乐独奏家。

可是上天跟格兰妮开了个巨大的玩笑，不知从什么时候起，她的听力开始下降。爸爸带她去医院检查，医生给出了这样的结论：格兰妮将在十二岁时彻底失聪。

对一个怀抱音乐梦想的孩子来说，这无疑是一个致命的打击。可是格兰妮并没有被命运打倒，她表现出超乎年龄的坚强，开始了一条特别的音乐之路。

为了能够"聆听"到音乐，她每次演奏时都不穿鞋，这样一来，她就能通过自己的身体和想象，感受音符的震动，"听"到声音。

格兰妮想要成为一名真正的音乐家，而不是一位耳聋打击乐手，于是她向伦敦皇家音乐学院提出申请。一开始，学院并不愿意接受她，因为这里还没有接收聋学生的先例。可是，当学院的老师们听了格兰妮的演奏后，彻底被她的实力和热情征服了。她顺利入学，并抓住这个来之不易的机会，努力地向前迈进。从学院毕业时，格兰妮获得了学院的最高荣誉奖。

如今，格兰妮成为了一名真正的打击乐独奏家，为打击乐独奏谱写和改编了无数乐章。有人问格兰妮，是什么力量让她取得了成功。她一脸自豪地回答道："从一开始我就已经决定，一定不能让任何人、任何事阻挡我成为一名音乐家。"

花仙子彩笺

人活着不可能永远一帆风顺，总会经历这样那样的挫折。在面对这些时，我们是选择退缩不前，还是迎难而上呢？前者能获得暂时的安宁，却永远只能被命运摆布，无所作为；后者会经历更多的艰难困苦，却终有一天能迎来黎明的曙光，实现理想。

对比格兰妮，我们实在幸运太多，既然这样，我们有什么理由拒绝奋勇向前呢？

心香一瓣

如果在田径运动赛场上，你中途跌倒了，你会选择退出比赛，还是忍痛坚持跑完全程？如果你选择了后者，即使最后没有拿到好名次，你也是最棒的女孩，所有人都会为你感到骄傲。

当牛奶已经打翻

丹妮在一次数学考试中发挥失常,竟然没有及格。这对一直在学校名列前茅的她来说,简直是晴天霹雳。

放学后,丹妮十分忐忑地回到家,准备接受爸爸妈妈的批评。

可是,让丹妮意想不到的是,爸爸妈妈知道这件事后,表现得非常平静。不过,丹妮并不觉得这是好事,她心想:"爸爸妈妈一定对我失望透了,所以他们都懒得责骂我了。"

不一会儿,到了吃晚餐的时间。爸爸妈妈像往常一样,一边吃饭,一边说说笑笑。可是丹妮却一点儿也高兴不起来,她默默地吃着饭,连头都不敢抬一下。

晚餐进行到一半,爸爸突然起身,一不小心打翻了手边的牛奶。牛奶洒得到处都是。要是以往,妈妈一定会大声训斥爸爸。可是这次不一样,妈妈竟然什么也没说,只是拿来纸巾将牛奶擦干净,然后继续吃饭。

妈妈的这一举动让丹妮吃惊不已,她心里越发疑惑了:爸妈今天怎么了？

爸爸似乎看穿了丹妮的心思，突然开口说道："丹妮，你看见了，牛奶已经打翻了，这时候再去抱怨、哭泣已经没有任何意义了。爸爸只想告诉你，你虽然这次考得不理想，但这并不代表什么，谁都有失误的时候，你不用太自责，你依然很棒，爸爸妈妈也依然爱你。"

妈妈也说道："孩子，别太在意过去的失败，振作起来吧！"

听完爸爸妈妈的话，丹妮郑重地点了点头，之前所有的烦恼也一下子烟消云散了。从那以后，丹妮谨记爸爸妈妈的话，更加努力地学习了。

花仙子彩笺

牛奶已经打翻，再去自责、哭泣都已经于事无补，这时候，我们要做的应该是振作起来，修补自己的过失，更加勇敢地向前迈进。如果你被失败的阴影包围，不能自拔，那只能导致更大的失败。要知道，一次低分并不能决定你的命运，偶尔的失误并不会掩盖所有的成就，你只要振作起来，就没有什么可以打倒你。

心香一瓣

面对失败，不要抱怨自己，给自己一个鼓励的微笑，告诉自己"这没什么"；总结失败的原因，进行深刻的自我反省，然后对症下药，找到对付挫折的办法；将消极情绪转化为动力，更加积极努力地向前迈进。

花之事

石缝中的小草

山崖上有一块岩石,经过长时间风吹雨淋,裂开了一条缝隙。有一颗种子离开了草妈妈,被风带到了这里,落到了石缝中。

岩石万分怜惜地对种子说:"小家伙,你还是到别的地方去吧!我这儿什么也没有,你住在我这里是没有活路的。"

种子发出稚嫩的声音:"岩石妈妈,你不用担心,我一定会好好地活下去。"

没多久,天空下起了绵绵细雨,滋润了大地,也喂饱了岩石缝里的种子,它"噌"的一下从石缝里窜出来,伸出了两片小嫩芽。太阳怜爱它,送给它温暖的阳光;春风疼惜它,施予它温柔的抚摸;雨露喜欢它,赐予它丰盛的养料。

就这样,小嫩芽一天天长大,长成了一株健康又结实的小草。不管风吹雨

打，它都牢牢地立在岩石缝里，顽强地成长。

岩石从来不知道，自己这贫瘠的身体竟然能孕育出生命，而且它还长得这样好。岩石激动地对小草说："孩子，你真是太棒了，我以你为傲。"说着，它将小草的根裹得更紧了。

有一天，一位诗人路过山崖，看见了这株不凡的小草，他充满敬意地吟唱道："小草啊，小草！你的生命多么顽强，我要赞美你，歌颂你！"

小草谦虚地摇了摇头，回答道："我之所以能在石缝里生长，这多亏了阳光、春风和雨露，还有用生命保护我的岩石妈妈，它们才真正值得赞美。"

送别了诗人，小草继续默默地成长，以更加坚强的姿态迎接着生命新的挑战。

花仙子彩笺

小草离开土壤，在贫瘠的岩石中生长，不仅很难得到维持生命的养料，还得时刻提防狂风暴雨的侵袭。可正因为这样，小草变得更加顽强，以更坚韧的姿态健康成长。当我们面对挫折、经历生活的艰辛时，不妨将自己想象成一株石缝中的小草，激发自己的潜能，赶走内心的懦弱与恐慌，勇敢向前。

心香一瓣

你参加过"吃苦夏令营"活动吗？在夏令营里，你得学会自己洗衣做饭，还要进行各种体能锻炼、生存训练。如果你能经受住这些考验，你就会变得自立自强，实现真正意义上的成长。

失去右腿的舞者

美丽的印度女孩苏莎是一位著名的舞蹈家,可是当她站在事业最高峰时,不幸却降临在她身上——她在车祸中失去了右腿。这对一个舞者来说,无疑是致命的打击,苏莎一夜之间从山巅跌到了谷底。

就在苏莎以为自己将告别舞蹈时,一位医生为她量身定做了一只假肢。苏莎拥有了假肢,又能重新站立起来了,她对舞蹈的热情也再次被点燃。为了能够重返舞台,苏莎开始了常人难以想象的艰苦尝试。

苏莎重新练习基本功。保持平衡、弯曲伸展、跳跃旋转,这些原本对她来说再简单不过的动作,如今变得无比艰难。她必须忍着剧痛,面对一次又一次的失败,然后一次又一次地重来。

苏莎靠着超乎常人的意志,熬过了基本功训练,终于能够顺利地完成一整支舞蹈。随后,她再次站到了曾经无比熟悉的舞台上。

每一次演出结束后,她都会一脸忐忑地问爸爸,自己表演得怎么样。爸爸每次都对她说:"苏莎,你要走的路还很长,你需要更加努力才行!"

苏莎谨记爸爸的话,更加努力地练习。终于,在一次演出中,苏莎像一只美丽的蝴蝶,以优雅完美的舞姿征服了全场,赢得了在场所有人的掌声与赞叹,也重拾了舞蹈皇后的荣誉。当她再次询问爸爸的意见时,爸爸热泪盈眶,什么也没说,只是紧紧抱住了女儿。

苏莎的成功是一个奇迹,她的事迹鼓舞了很多人。于是,有人问她:"面对命运的捉弄,你究竟是如何战胜自己取得成功的呢?"

苏莎淡淡地笑了笑,回答道:"谁说舞蹈只能用腿跳,只要用心就没有做不到的事。"

花仙子彩笺

罗兰说过:"累累的创伤,是生命给你最好的东西,因为每个创伤上都标示着前进的一步。"能够直面苦难与不幸的人,才是真正的英雄,他们懂得将这份沉重的打击转化成成长的礼物,借着它的力量激发潜质,取得更大的成功。

心香一瓣

勇敢面对挫折,正视挫折,因为逃避解决不了任何问题;将挫折转化为力量,让自己变成勇敢的波浪,阻力有多大,就掀起多高的浪墙。

像木棉花一样奋发向上

花之说

在海南岛的南部有一座山，名叫五指山。很久以前，山下有个小部落，这里的人们日出而作，日落而息，过着男耕女织的平静生活。

突然有一天，可恶的敌人闯进了部落，他们烧杀抢掠，无恶不作。人们逃的逃，躲的躲，求救声、尖叫声传遍了部落的每一个地方。

这时，部落里有位叫吉贝的年轻人站了出来，他登上高台，对陷入恐慌的人们喊道："我们要团结起来，把敌人赶出我们的家园。"

在吉贝的召唤与鼓励下，人们举起手中的锄头、铲子，团结一心，将敌人赶出了村庄。

后来，敌人又有几次来犯，英勇的吉贝都能带领大家将他们打退。从这以后，吉贝成了人们心中的英雄，受到所有人的爱戴。

可是，在敌人眼里，吉贝却成了他们的眼中钉、肉中刺。于是，他们买通了部落里的一个狡猾之人，把吉贝引上山，将他团团围住。一瞬间，成千上万支利箭，齐刷刷向吉贝飞来。吉贝身中百箭，依然笔直地站立在山巅，眼神坚定而充满力量。

不一会儿，神奇的事情发生了。吉贝的身躯化成了一株高大笔直的树木，他身上的箭支变成了树枝，他流出的鲜血变身为一朵朵鲜艳的花朵，这就是木棉。

后来，人们为了纪念吉贝，就尊称木棉为英雄树，称它开的花为英雄花。

木棉树秉承了吉贝坚韧不拔、奋发向上的精神，其生长速度极快，它的树冠可以蹿到二十多米高，总能高出周围的树群。它的样子，就像是一位意气风发的领导者，带领千军万马，奋勇杀敌。

花之语
英雄之花、奋发向上

花之意
木棉花，又叫英雄花、攀枝花，拉丁学名为"bombax ceiba"，是广州市、高雄市以及攀枝花市的市花

木棉花一族
积极向上
不甘心落于人后
为理想奋斗不息
面对困难从不退缩
适应能力强

花之事

最美的风景

在一栋高楼底下,生长着一丛爬山虎。整个春天,只要太阳一出来,它们就争先恐后地向上爬。其中,有一株小爬山虎,它实在太弱小了,就远远地落在了后面。

小爬山虎一直不明白,上面究竟有什么好的,值得大家如此卖力向上爬?

有一天,一只蝴蝶飞来,停在小爬山虎的头上歇歇脚。小爬山虎心想:蝴蝶能飞翔,它一定知道上面有什么。于是,它问道:"蝴蝶,蝴蝶,你能告诉我楼顶上有什么吗?"

蝴蝶想了想,回答道:"楼顶上有最美丽的风景呢!"

小爬山虎一听,眼睛里放出光来,它可不想错过这最美的风景呀!于是,它打起精神,拼命地往上爬,一分钟也不想耽误。白

天，它追赶着伙伴们，奋力地向上爬；晚上，伙伴们休息了，它还是一刻不停地向上爬。每当累的时候，它就会给自己打气："加油，我一定要看到最美的风景。"

就这样，小爬山虎爬呀爬，它那黄黄的脸变成了深绿色，它那嫩嫩的手变得越来越强壮，它超过了所有伙伴，离楼顶越来越近。

终于，有一天，它爬上了楼顶。可是，它定睛一看，惊呆了，楼顶上除了冰冷的水泥，什么也没有。

就在它万分沮丧的时候，身旁的老爬山虎说："孩子，你往下瞧一瞧。"

爬山虎揉了揉眼睛，向下望去，所有的一切都变得无比渺小，而它的视野是那么广阔，这真是它见过最美的风景呀！

花仙子彩笺

爬山虎没有仙人球那样牢固的根基，也没有春笋那样旺盛的生命力，它只有一只只纤细的绿足，紧紧地攀住墙壁，一步一步努力向上爬。不管刮风下雨，墙面多滑，它都拼命向上爬，直到有一天登上楼顶，俯瞰大地，见到那最美的风景。爬山虎那柔软而强劲的身体里，显露出的奋发向上的精神，让人们心中的敬意油然而生。

心香一瓣

为自己设定一个具体适当的目标，激励自己努力奋斗；不断挑战新高度，一旦完成一个小目标，立刻为自己设定新目标，不要停止前进的脚步。

要做哪一个

尼娜觉得生活太艰难,没有一件事称心如意。每天,她一回到家,就向爸爸发牢骚。

这天,爸爸正在厨房做饭,客厅里又传来尼娜的抱怨声。爸爸便把尼娜叫到厨房,吩咐她将灶上的三个锅里倒满水,然后点上火。尼娜虽然不明白爸爸的用意,但她还是照做了。

过了一会儿,三锅水烧开了。只见爸爸往第一个锅里放了一根胡萝卜,再在第二个锅里放上一颗鸡蛋,最后在第三个锅里放入粉末状的咖啡豆。

"爸爸,您在做什么呢?"尼娜一脸疑惑地问。

爸爸笑了笑,并不作声,只是示意让尼娜耐心等待。

大约过了二十分钟,爸爸关掉火,将胡萝卜和鸡蛋捞上来,放进盘子里,然后再将煮沸的咖啡倒进杯子里。接着,他问道:"尼娜,告诉我,你看到了什么?"

尼娜摸摸头,回答道:"还是胡萝

卜、鸡蛋和咖啡呀！"

爸爸又说："你摸摸它们，感受一下它们和煮之前有什么不同。"

尼娜捏了捏胡萝卜，发现胡萝卜变软了。接着，她敲破鸡蛋壳，里面的蛋白已经凝固了。而咖啡呢？一看就知道，它已经和水溶在了一起。尼娜将自己观察到的告诉了爸爸，然后问道："爸爸，您想告诉我什么呢？"

爸爸拍拍尼娜的肩膀，意味深长地说："这三样东西刚刚经历了同样的煎熬，可是它们却发生了不一样的变化。原本结实的胡萝卜变得软弱了；原本脆弱的鸡蛋变强硬了；而咖啡豆则改变了水。那么，当困难袭来时，你要做哪一个呢？"

花仙子彩笺

困难来临时，你要做哪一个？是遇强就变弱的胡萝卜？是遇强则强的鸡蛋？还是努力改变环境的聪明的咖啡豆？

人生难免会经历风雨，我们不能像胡萝卜一样，在困难面前软弱，而是要像鸡蛋一样，在挫折中变刚强，更要像咖啡豆一样，迎难而上，改变环境，为自己创造另一片广阔的天地。这才是真正的强者。

心香一瓣

当困难来临时，做聪明的咖啡豆，将压力转换为动力，将不利条件变成有利条件，逆水行舟，迎难而上。

争坐第一排

玛格丽特·撒切尔夫人是英国第一位女首相,她像一匹黑马一样,驰骋英国政坛长达十一年之久,被人们誉为"铁娘子"。她能有这样辉煌的成就,与她从小受到的教育是分不开的。

从小,她的父亲就常常对她说:"孩子,无论做什么,你都要赶在别人前面,千万不要落后于人。"哪怕坐公交车,父亲也会经常提醒她,一定要坐在前排。而且,每当玛格丽特遇到什么困难,感到灰心、丧气时,父亲就会十分严厉地教育她:"不管任何情况下,都不许说'我做不到'或'这太难了'。"

在常人看来,父亲的教育似乎太不近人情了,可是对玛格丽特来说,这却是她人生旅途中的一剂良药。她谨记父亲的教诲,无论做什么事,遇到任何困难,她始终抱着坚定的信念,勇往直前,永不服输。

在大学期间,她凭借自己拼搏向上的精神,用一年时间完成了五年的学业。更让人不得不佩服的是，玛格丽特不仅在学习上超群出众，在演讲、体育、音乐等方面，她也从不落于人后。

玛格丽特毕业时，大学校长给了她这样的评价："玛格丽特是个出类拔萃的学生，她拥有一颗雄心，这样的人有什么做不好呢？"

正如校长所说，玛格丽特在以后的人生道路上，向着更远、更高的方向前进，经过奋勇拼搏，她终于成为了英国乃至整个世界政坛上一颗闪耀的明星。

花仙子彩笺

"争坐前排"，是一种良好的学习习惯，更是一种积极的人生态度。这个世界上，想坐在"前排"的人很多，但真正做到的人却很少。为什么呢？因为他们只把"坐在前排"当成一种理想，而从来不采取任何实际行动。化理想为行动，时时争坐前排，事事争做第一，才能把握住展示自己的机会，才能成为不畏风雨的人中龙凤。

心香一瓣

班级分配座位时，一定要积极争取靠前的位置。坐在第一排的好处有：第一，容易被老师记住；第二，上课时听得清，看得真；第三，上课时能控制自己不交头接耳，不乱开小差。

天堂鸟

茜尔玛·拉格萝芙出生在一个富裕的家庭，按理来说，她应该过着像公主一般幸福的生活。可是，上天似乎并没有那么眷顾她，在她很小的时候，她便患上了一种无法治愈的瘫痪症，使她无法正常行走。

茜尔玛十岁时，家人带她去乘船旅行。船长夫人是个温和又慈祥的女人，她将茜尔玛抱在怀中，为她讲起了故事。

船长夫人讲的是一只天堂鸟的故事，故事中那只神奇又美丽的天堂鸟，深深地吸引了茜尔玛。

故事刚讲完，茜尔玛就迫不及待地问道："夫人，您见过天堂鸟吗？我在什么地方能看到它？"

船长夫人笑了笑，开玩笑地回答道："如果我们一直站在甲板上，搞不好能看到天堂鸟呢！"

"太好了，那您快带我去甲板吧！"茜尔玛一脸期待地说道。

船长夫人无法拒绝一个孩子的好奇心，只好站起来准备带她出去。这时，船长夫人不小心忘了茜尔玛不能走路，就像牵着正常孩子那样，牵着她往外走。要是平常，茜尔玛一定会因为重心不稳而摔个大跟头，可是这一次，奇迹发生了，她竟然拉着船长夫人的手，慢慢走了起来。从那以后，她竟然能走路了。

究竟是什么力量让茜尔玛获得重生呢？她后来回忆道："那时，我真是太想看到天堂鸟了，以至于忘了自己不能走路。"

这件事给了茜尔玛很大的启发，在后来的人生路上，她总是对自己说："无论什么事，只要忘我地去做，就一定能做到。"

几十年后，茜尔玛成就了她生命中的第二个奇迹，她成为了世界上第一位获得诺贝尔文学奖的女性。

花仙子彩笺

我们在做一件事情时，如果能达到忘我的境界，就一定能排除万难，将事情做到最好。在这种状态里，我们能无限地释放自身的潜能，做到一些你自己都认为不可能的事。面对梦想，面对看似不可能跨越的高度，千万不要觉得遥不可及，只要你愿意不顾一切地去做，就一定能超越自己，实现飞跃。

心香一瓣

你觉得学骑自行车难吗？其实重要的是掌握好方向，眼神坚定地看着前方，忘记在身后支撑你的人，不经意间，自行车就能带你自由飞奔了。很多事就像学骑自行车一样，只要忘我，就会有出乎意料的结果。

上帝的孩子

有个中国小姑娘,名叫小芳,她出生在美国一个小镇上。小芳从小与妈妈一起生活,从来不知道爸爸是谁,人们常常站在她背后,指着她喊:"私生子!"每每听到这三个字,小芳的心里就像挨了千万刀。

小芳13岁那年,镇上来了一个牧师。每个礼拜,人们都会去教堂听牧师讲经,小芳也经常偷偷溜进去听。

终于有一次,小芳听得入了迷,就连教堂的钟声响了,她也没察觉。人流从教堂里涌出来,将她堵在了后面,她只好低着头在拥挤的人群中缓缓移动。

突然,不知是谁轻轻拍了她一下,她转过头来一看,牧师正一脸微笑地看着她。

"小姑娘,你是谁家的孩子呀?"牧师十分友好地问道。

小芳一听,心里顿时像被刀割了一样难受。这可是她十几年来最怕听到的一句话啊!

人们停下了脚步,眼神齐刷刷地朝这边望过来。小芳咬着嘴唇,说不出一句

话来，眼睛里噙满了泪水。

牧师似乎明白了什么，他微笑着拍拍小芳的肩膀，说："我知道了，你是上帝的孩子！"

接着，牧师又说："你和大家一样，都是上帝的孩子。无论你有着怎样的过去，那都已经过去了。只要你从现在开始，树立目标、积极向上，你就会拥有和别人一样的机会，甚至创造出更加耀眼的未来。"

牧师话音刚落，教堂里响起了如雷般的掌声，这些掌声是理解，是歉意，是鼓励。它消除了所有的歧视与不平等，让小芳第一次感觉到自己是如此重要。

牧师的话改变了小芳。三十年后，她成了田纳西州的州长。没有人再去在乎她的过去，她像太阳一样散发着耀眼的光芒，成为人们学习和崇拜的榜样。

花仙子彩笺

是什么让小芳脱胎换骨，发生翻天覆地的变化呢？是牧师的忠告。虽然只有短短的几句话，却让迷失的小芳明白了：为什么要在别人的眼中寻找位置呢？自己跟别人是平等的，未来是自己的。只有放得下沉重的过去，才能轻装上阵，奋勇向前，开启一个崭新的未来。

心香一瓣

如果过去有过什么不愉快的事情，从现在开始告诉自己：过去的已经过去，不要把它带到今天。也请你记住，只要你想努力，从现在开始一点都不算晚。

如果我是沙子

小梅在大学期间一直很出众,不仅成绩名列前茅,而且还多才多艺。可是,毕业后,她一直找不到理想的工作。她开始对社会感到失望,甚至觉得这个世界上没有人了解她,也没有人赏识她的才干。

屡次碰壁后,小梅感到非常绝望,她来到海边,准备结束这痛苦的人生。

正当小梅要走向海里时,有个老人刚好经过,一把拉住了她。

等小梅平静下来,老人关切地问道:"孩子,究竟发生了什么事,竟然让你想到用这种方式来解决问题?"

小梅一边抽泣,一边将自己怀才不遇的遭遇告诉了老人。

老人听后,并没有急着安慰小梅,而是顺手捡起脚边的一粒黄沙,摊在手心里给小梅看了看,然后又扔在了地上。接着,老

人问道:"你能把刚刚那一粒黄沙捡起来吗?"

小梅一脸为难地回答道:"它已经和其他沙子混在一起了,怎么可能找得到?"

老人笑了笑,又从口袋里掏出一颗珍珠,扔在地上,说:"现在呢?你能把珍珠捡起来吗?"

"当然!"小梅弯下腰,轻而易举地捡起了那颗珍珠,然后问道,"可是,这意味着什么呢?"

"难道你还不明白吗?"老人回答道,"如今你还只是一颗小小的黄沙,想要得到别人的承认与赏识,就必须让自己变成一颗真正的珍珠。"

花仙子彩笺

当你抱怨不公平时,你有没有问过自己,你是沙子还是珍珠?如果你是一粒沙子,当然会轻易被埋没;如果你是一颗珍珠,有谁能挡住你的光芒呢?沙子变成珍珠的过程是艰难的,它需要经过时间的煎熬、风雨的打磨。可是,当平淡无奇的沙子终于成为一颗耀眼夺目的珍珠时,你就会明白,那些煎熬与打磨,都是人生赐给你的一笔宝贵的财富。

心香一瓣

如果在一次舞蹈比赛上你不是领舞,不要觉得这不公平,因为作为领舞的那个她必定付出了比别人更多的努力;如果竞选班长你落选了,别气馁,老师并不是觉得你不行,只是你还可以更好。

遭遇18次拒绝后

有个叫莎莉的姑娘，从小到大，她最大的梦想就是成为一名优秀的主持人。为了这个梦想，她一直坚持不懈地奋斗着。

一开始，她去一家无线电台面试，希望成为那里的电台播音员，可是电台却以"不招女播音员"为由，拒绝了她。

后来，她好不容易进了一家通讯社，却因为不懂西班牙语，一直得不到重用。为了把握这个来之不易的机会，莎莉花了三年时间，苦练西班牙语。可是，当她说得一口流利的西班牙语时，通讯社还是对她视而不见。无奈之下，她只好离开了通讯社。

后来，她不停地找工作，却又不停地被炒鱿鱼。有些单位甚至直截了当地对她说："你根本就不会主持！""你太落伍了！"最后，莎莉不得不失业了。

一年后，莎莉终于迎来了一个人生的转机——由她策划的一个访谈节目通过了初审。可是，当她信心满满地去面试时，却被告知，那个通知她面试的负责人已经离职了。

莎莉没有放弃，她又辗转找了另外几位负责人。终于，有个负责人同意聘用她，但条件是，她必须放弃之前访谈节目的策划，转而做一个政治节目。

莎莉对政治一窍不通，但这份工作对她来说非常重要。于是，她一头扎进了政治领域里，开始"恶补"政治知识。

1982年的夏天，这档政治节目终于开播了。莎莉用自己平易近人的风格，吸引了一大批听众，一夜之间成了家喻户晓的主持明星。

现在，无论她到哪个电视台，都会受到最热烈的欢迎。因为每天至少有800多万的观众在收看她的节目呢！

花仙子彩笺

很多人做一件事，一开始也许能保持奋斗热情，可是失败的次数多了，就会丧失信心，从而放弃。于是，很少有人这样想，也许在你转身的一刹那，机会之门就在你身后敞开了。莎莉正是抱着这样的心态，坚持不懈、奋发向上，才在最后把握住机会。

心香一瓣

有这样一道数学题，你算了9遍，还是没有算对，你还会选择继续吗？当然要继续，因为第10遍很有可能就是正确答案。成功往往就在你准备放弃的下一次，所以任何时候都不能放弃。

连衣裙的连锁反应

春天来了,所有的街道都焕然一新,种上了新绿,盖上了新房,唯有盖特街还是又脏又乱,一副颓败不堪的样子。

住在这条街上的居民都很贫穷,他们每天都为生计发愁,根本没有工夫整理房屋、街道,甚至连自个儿也没有心思打扮。

开学了,女孩们都穿上漂亮的新裙子来到学校,唯有盖特街的那个小女孩穿着一身又破又脏的罩衫。

女孩实在太脏了,同学们都不愿意和她坐在一起。

"多可怜的孩子呀,连一件像样的衣服也没有!"老师怜悯她,就送了她一条崭新的连衣裙。

晚上,女孩穿着新裙子回到家里,爸爸妈妈吃惊极了,他们不住

地夸赞道:"孩子,你这一打扮真是太美了,就像个小天使一样。"

吃完饭,妈妈突然说道:"我们有一个漂亮的女儿,可是我们的屋子乱七八糟,这太不搭调了,我们应该把家里装修一下。"

第二天一早,爸爸妈妈就开工了,他们给屋子刷上了新漆,将旧家具全部清洗干净,又在前院种上了花草……一天的工夫,女孩家发生了天翻地覆的变化。

邻居们看见女孩家变了样,也开始整修自己家的屋子。街道的管理员们看见了大家的这一举动,觉得自己有义务改变街道的现状,于是他们向政府申请,要求翻新街道。

几个月后,盖特街脱胎换骨了,它变成了一条整洁、有序的街道,这里的居民正向着更美好的生活出发。

花仙子彩笺

一条连衣裙竟然有这样的魔力,能改变整条街道的面貌,这真是太不可思议了。这就像神奇的多米诺牌,只要推倒第一张牌,就会影响后面成千上万张牌,让其发生翻天覆地的变化。也许你并未察觉,有时候你就是这第一张多米诺牌,一个小小的举动,就能影响身边很多人。所以,我们才更应该保持积极向上的心态,用自己的正能量去感染身边的每一个人。

心香一瓣

如果你每天穿着整洁,精神抖擞,你身边的伙伴也会被你感染,变得朝气蓬勃;如果你上课认真听讲,课后用功复习,你身边的同学也会被鼓舞,变得爱学习,有上进心哦。

让女孩更完美的100个故事

像杜鹃花一样质朴勤勉

花之说

古时候,有一个富饶的国家,名叫蜀国,这里的人们过着丰衣足食、无忧无虑的生活。可是,太过安逸的生活,让人们变得怠惰起来。他们每天沉浸在享乐中,就连田里的农活也不管了。每到播种季节,田间连个人影都没有;到了秋天,农田杂草丛生,颗粒无收。

蜀国的皇帝名叫杜宇,这一切,他看在眼里,急在心里。为了不让农田荒废,一到播种季节,他就奔走于每家每户,提醒他们抓紧时间播种。

一年又一年，人们渐渐养成了习惯，硬是要等到杜宇敲响了家门，才想起要播种。

可是，杜宇却因为长时间奔波劳累，没多久就离开了人世。杜宇一直心系百姓，死后他的灵魂化作了一只小鸟。每到春天，小鸟就一边"播谷、播谷"地鸣叫着，一边四处飞翔，提醒人们要播种了。

小鸟每日不停地鸣叫，就连嘴里都流出了鲜血。鲜血滴在山坡上、荒野间，转瞬间，开出一朵朵鲜艳的花朵，把大地映得鲜红一片。

人们看着这漫山遍野的红花，感动得流下眼泪。从此，他们改过自新，开始变得质朴、勤劳。

后来，人们为了纪念杜宇，就把他变成的小鸟叫做杜鹃鸟，把那些鲜血化成的花朵取名杜鹃花。

花之语
质朴、勤劳

花之意
杜鹃花，又叫映山红，英文名为"azalea"，是江西、安徽、贵州等多省的省花

杜鹃花一族
有一颗纯真的心
热爱生活
为人正直质朴
没有什么得失心
像一只勤劳的小蜜蜂
有顽强的生命力

3000万次

主人新买了一只小闹钟,挂在两只旧钟的中间。

小闹钟一见到两个同伴,就热情地打招呼:"你们好呀!以后,咱们就一起工作啦,还请多多关照呀!"

左边的老方钟斜了小闹钟一眼,不屑地说道:"有什么好嘚瑟的,别看你现在崭新发亮,等你走上3000万次,就跟我们一样破旧了。"

"你说什么,3000万次?"在小闹钟看来,这简直是天文数字,"别开玩笑了,我就是走上一辈子,也走不了那么多次的。"

"这有什么,我已经走了好几个3000万次了。"老方钟得意扬扬地说。

"天呐!"小闹钟顿时对老方钟佩服得五体投地,"您真是了不起,我太崇拜您了。要是我,恐怕几辈子也干不成这么大的事。"

右边的老圆钟一直在听它们的对话,这会儿,他终于忍不住哈哈大笑起来:"小闹钟,你别被老方钟吓着,3000万次其实很容易走的。"

"真的吗？您快把秘诀告诉我。"小闹钟兴奋地叫起来。

"其实，根本没有什么秘诀，只要你每秒钟走一下，坚持下去就行了。"老圆钟说。

"这么简单？"小闹钟还以为自己听错了呢！

老圆钟笑了笑，回答道："你要是不信，就试试吧！"

小闹钟听了，开始认真工作起来。它一秒钟走一下，一刻也不停歇。不知不觉，一年过去了，它掐着指头一算，自己果真走了3000多万次呢！

花仙子彩笺

有些梦想看起来遥不可及，似乎永远都不可能实现。可是，只要自己拥有一颗坚持不懈的心，脚踏实地走好每一步，梦想自然会慢慢靠近，变成现实。我们要始终相信，世界上没有荒唐的梦想，只有不够勤奋的心。没有谁能一口气吃成胖子，只有坚持、勤勉，才能实现理想。

心香一瓣

如果你每天坚持跑三千米，你就有可能成为一名优秀的运动员；如果你每天坚持旋转三百圈，你也许能练成一名出色的舞蹈家；如果你每天坚持背三十个英语单词，说不定将来的你就是一名翻译家呢！

反过来试一试

爱丽丝很聪明,每次练习手风琴,她只要听老师拉奏一遍,就能记住所有的旋律。时间一长,她觉得自己已经很了不起了,就对老师说:"手风琴实在太简单,我根本就不用再学了。"

老师并没有反驳她,而是微笑着说:"既然这样,你就去广场上表演一番吧,也许会有人慧眼识珠,愿意聘请你做手风琴手。"

爱丽丝自信满满地来到广场上,开始忘情地拉奏手风琴。

许多人走上前来,静静欣赏这个漂亮女孩的演出,有些人甚至还投下钱币。可是,几天过去了,来看她表演的,都只是好奇的观众,却没有一个"伯乐"。

五天、十天……一个月过去了,爱丽丝的耐性已经被磨平,却始终不见赏识她音乐才华的人出现。

爱丽丝带着一颗疲惫的心,找到老师,垂头丧气地问:"为什么我练会一首曲子只需要一个小时,想要找到欣赏我

的人却得花几个月，甚至更长的时间呢？"

老师反问道："你为什么不反过来试一试呢？"

爱丽丝一脸的不解。

老师继续说道："如果你愿意花几个月，甚至更长的时间去练一首曲子，那么你就能在一个小时内找到赏识你的人。"

"您不是在开玩笑吧！"爱丽丝一脸惊讶地叫道。

"你为什么不试试呢？"老师意味深长地说，"成功没有捷径，机遇只留给准备充分的人，唯有勤学苦练才是正道啊！"

爱丽丝听从了老师的建议，回去后，一遍又一遍地练习已经学会的曲子，从不怠惰。几个月后，当她再次出现在广场上，拉响手风琴时，果真不到一个小时，就有人向她抛出了橄榄枝。

花仙子彩笺

没有谷子能一天成熟；没有大树能一天长高。"梅花香自苦寒来"，要学会一种技艺，绝对不是一件简单的事，它需要日复一日、年复一年不停地练习，不断地积累经验。而那些不付诸勤奋与努力，幻想着一蹴而就、一夜成名的人，就算飞得再高，也会因为没有坚实的根基而摔得更重。

心香一瓣

大诗人杜甫说："读书破万卷，下笔如有神。"学习除了要掌握好的方法，勤奋刻苦的态度也是必不可少的，每天温习功课，多多做练习题，这样好成绩才会找上门哦！

花之事

种子和金子

有位姑娘,父母早逝,只为她留下一间稻草房和一亩田。姑娘从小靠种田为生,春天播种、秋季收割,年年勤恳劳作,从不偷懒。

有一年,村里闹旱灾,几乎没有什么收成,只有姑娘攒了一小袋种子。

这天早上,姑娘将种子装在上衣口袋里,出门去田里播种。一路上,她小心翼翼地护着这些种子,生怕遗落一颗。

姑娘走了好几个小时,终于到了田边。此时她已经累得快喘不上气了,就走到一棵大树下,准备坐下来休息一会儿。可是,她刚蹲下身子,一小把种子从口袋里跑出来,掉进了一旁的树洞里。

这下姑娘可急坏了,这些种子对她来说可像宝石一样珍贵呀,要是找不到它们,那得损失多少粮食啊!

姑娘赶紧拿来锄头,开始挖树洞,想要把洞里的种子找出来。树洞可真深啊,她挖呀挖,挖了好久也不见底。这会儿已是正午,太阳晒得她汗流浃背,可是她仍然卖力地往下挖。

　　终于她挖到了种子。就在她高高兴兴拾种子时，突然发现种子下面有个木盒子。姑娘拿出木盒子，打开一看，大吃一惊，里面竟然装满了闪闪发亮的黄金！盒盖上还贴着一张字条，上面写着：找到此盒之人，就是它的主人。

　　姑娘拿着这盒黄金，跑到远方，做了点小生意，发了财，成了当地最富有的人。人们都一脸羡慕地对她说："你真是太幸运了！"

　　可是，姑娘却淡淡地笑了笑，回答道："是的，我很幸运。不过，如果我不去辛勤播种，不去苦心寻找种子，又哪来这么好的运气呢？"

花仙子彩笺

　　有人抱怨，我运气真差，好事总轮不到我；也有人抱怨，为什么别人总那么幸运，总能轻而易举得到想要的。其实，好运总是乐于光顾勤劳的人，而那些想要坐享其成、不劳而获的人，只会一而再，再而三地错失良机，亲手将机会推出门外。记住，如果你是一个勤勉上进的女孩，运气就一定差不到哪儿去。

心香一瓣

　　她为什么运气那么好，能够代表班级参加演讲比赛？这是因为她每天都抽两个小时练习普通话，所以才能得到老师的青睐。如果你也能像她一样，就一定不会错过表现的机会。

小桃升职记

一天早上,天刚蒙蒙亮,理发店的学徒小桃就打开了店门。她像往常一样,在老板和理发师傅们到来之前,将店里打扫得干干净净。

这时,一位打扮时髦的女士走进来,对小桃说:"我刚在家洗完头,发现吹风机坏了,麻烦你帮我吹一下吧!"

于是,小桃拿出电吹风,帮这位女士吹起了头发。

不一会儿,头发吹干了,女士照了照镜子,满意地点了点头,递给小桃两元钱。

小桃却摇摇头说:"吹头发只要一元钱就够了。"

女士笑了笑,解释道:"没错,另外一元是给你的小费。"

那位女士刚走没多久,老板就来了。小桃赶紧拿出那两元钱,都交给了老板。那天,老板在记录本上写着:小桃,吹风1元+诚实1元。

一年后,小桃从小学徒升级为理发师。老板的生意也越做越大,决定要在另一个城市开

连锁店。老板无法兼顾两头，经过再三考虑，他决定任命勤奋朴实的小桃为店长，打理现在这间理发店。

又过了一年，老板回来查看盈利情况，小桃做了一份详细的报表，而且将除去工资额外多赚的一万多元一并交给他。

老板不解地问："这些钱是你辛苦赚来的，你为什么要交给我呢？"

小桃一脸认真地回答道："店铺是您的，我理应把多赚的钱给您，这样我才能安心。"

老板被小桃的诚恳与质朴感动了，从那以后更加信赖她了。

又过了几年，老板将整间店子完全盘给了小桃，她终于当上了真正意义上的老板。从此，她更加踏实勤奋地打理理发店，将店铺越做越大。十年后，她拥有了一家固定资产达到千万元的美容美发公司，成为了一名让人称羡的董事长。

花仙子彩笺

莎士比亚说："质朴比巧妙的言辞更能打动人心。"老板为什么放心把店铺交给小桃这个与他毫无关系的小丫头呢？他正是看中了小桃诚实质朴的品质，才对她如此信任啊。诚实质朴的品质，不像"勇敢"那样受人钦佩，也不像"聪明"那样让人羡慕，它平淡而容易被人忽视，可是它却默默地完美着我们的人格，净化我们的灵魂。

心香一瓣

你想竞选班长吗？靠花言巧语拉拢人心是行不通的，只有踏踏实实地为班级做实事，为同学服务，拿出你的坦诚和干劲，这样大家才会信任你哦。

勤奋的笨孩子

佳佳从小勤奋好学，可是就连她自己也觉得奇怪，为什么不管她怎么努力，每次考试都只能考到全班第二十几名。更让她觉得不平衡的是，同桌露露根本没她用功，却次次都能拿第一。

每次拿着成绩单回到家里，佳佳都会一脸沮丧地问妈妈："妈妈，我是不是很笨？我在学习上从来不偷懒，却总比不上别人。"

又有一次，佳佳付出了很大努力，总算考进了班上前二十名，可是一看同桌露露的成绩，又是第一名。她非常不服气，于是又问妈妈："为什么我总考不过露露，难道我真比她笨吗？"

看着佳佳沮丧的情绪一天天加重，妈妈的心里也非常焦虑。于是，她决定周末带佳佳去海边散散心。

母女俩走在沙滩上，突然，佳佳看到不远处有一群小灰雀，她兴奋地叫起来："妈妈，快看，那边有一群小鸟在争抢食物呢！"

妈妈顺着佳佳指的方向望过去，看到了那群争食的灰雀，一排海浪打来，它们一跃而起飞上了天空。可是不一会儿，它们又飞回来，继续寻找食物。这时，耳边传来海鸥悠远而空明的叫声，似乎是从大海的另一边传来的。

此时，妈妈似乎想到了什么，她意味深长地说："佳佳，你看那些小灰雀，它们虽然动作敏捷，一下子就能飞上天空，却只能飞行很短的距离。而海鸥却不一样，它们看起来很笨拙，飞得也不快，确是飞越大海的能手。孩子，你愿意成为像海鸥一样的人吗？"

佳佳郑重地点了点头，从此，她小小的心中埋下了大大的梦想，她相信，只要她肯努力，就一定能够飞跃广阔的大海。

花仙子彩笺

"聪明在于勤奋，天才在于积累。"一个人再聪明，如果不勤奋努力，也将与成功失之交臂；相反，一个人再笨拙，但懂得笨鸟先飞的道理，坚持不懈，踏踏实实地向前进，终有一天能抵达成功的彼岸。

勤能补拙，我们要像海鸥一样，插上勤奋的翅膀，飞出一片广阔的碧海蓝天。

心香一瓣

也许你不够聪明，背课文，别人读个两三遍就能记牢，你却要读上十几遍才行。可是这有什么关系呢，只要你肯多花点时间，不管是十遍、一百遍，你总能背下来的。

不会飞的知了

从前,有一只知了,它从小就失去了父母,所以没有谁告诉它如何飞翔。

一天,知了出门散步,抬头看见一只大雁在天空中飞翔,顿时心中羡慕不已。

趁大雁停在树梢上歇脚,知了赶紧跳过去,一脸恭敬地说道:"大雁先生,我很想学飞,你能教我吗?"

大雁心肠很好,爽快地答应了知了的要求。

大雁告诉知了,每天要练习跳远一百次,跳高一百次,冲刺一百次,等到七七四十九天之后,方可练习飞翔。知了原本以为学飞是件很容易的事,可是听了大雁的教学安排,它顿时觉得头晕眼花,痛苦不堪。

等大雁一离开,知了就一屁股坐在地上偷起懒来。

第二天,大雁飞来检验知了练习的情况,看见知了趴在地上睡大觉,就苦口婆心地劝说道:"你如果不勤加练习,是不可能学会飞翔的。"

知了打了哈欠,不耐烦地回答道:"知了,知了。"

大雁没办法,只好摇了摇头飞走了。

又过了几天,大雁再

次飞来看知了，见它还是一副懒散样，于是又开始念叨起来。

知了仍然皱着眉，一脸烦躁地说："知了，知了。"

不知不觉，四十九天过去了，大雁飞来对知了说："如今时间已到，你该练习飞翔了。"

知了一听，兴奋得手舞足蹈起来。可是，无论它怎么用力地拍打翅膀，就是飞不起来。于是，它只好一脸讨好地对大雁说："大雁，你再给我几天时间吧，我一定能飞起来的。"

大雁无奈地摇了摇头，说："唉！秋天到了，我马上要南飞了，哪还有时间给你啊！"大雁说完，展翅飞向了蓝天。

知了抬头望着在天空中自由飞翔的大雁，心中悔恨不已。可是，一切都晚了，它永远都只会是那只不会飞的知了。

花仙子彩笺

毛毛虫化茧成蝶要经历上百天的煎熬，蜜蜂酿一斤蜜需采集五十万朵花，如果没有坚强的毅力和辛勤的努力，它们如何做得到？我们做任何事，都要脚踏实地、勤奋刻苦，只有练就过硬的本领，才能拥有一双翱翔天际的翅膀，飞向理想的天空。

心香一瓣

如何改掉懒惰的坏毛病呢？首先从小事做起，从你喜欢的事做起，结合自己的实际情况，制订出具体的学习计划和生活计划（目标不要定得太高），让自己一步一步去做到。

让女孩更完美的100个故事

像满天星一样低调谦和

花之说

在希腊的一个小村庄里，住着一对姐妹。两人相依为命，每天过着幸福平静的生活。

一天，村庄里来了一位英俊的少年，他浑身是伤，昏倒在村口的一棵树下。姐妹中的妹妹路过村口，发现了受伤的少年，就将他背回了家。

随后，她将少年交给姐姐照顾，自己出门找医生去了。

过了一会儿，少年迷迷糊糊睁开眼睛，看见床边坐着的姐姐，还以为是她救了他，顿时心生爱意。

妹妹请来医生救活了少年，可是有一天，姐姐却对她说："妹妹，我和那个少年相爱了。"

妹妹默默低下头，什么也没说，虽然此时她也深深地爱着少年。

时间一天天过去，姐姐和少年每天在一起，过着幸福的生活。妹妹每天为他俩洗衣、做饭，包揽了所有家务，可她一句怨言也没有。

突然有一天，少年对姐姐说："我被仇人追杀，逃到了这里。如今，我的仇人已经找来了，你愿意跟我一起逃走吗？"

姐姐害怕极了，哭着说："不行，他们一定会杀了我的。"

这时，门外的妹妹听到了他们的谈话，心里有了自己的打算。

第二天一早，妹妹用迷药迷昏了少年和姐姐，然后自己装扮成少年的模样，走了出去。最后，妹妹死在了少年仇人的剑下。她的鲜血染红了整个村庄，她的灵魂化作一缕青烟，飘到少年身边，抹去了他所有不快乐的记忆。

最后，少年的身边开出一朵朵白色的小花，这就是满天星。

花之语
低调、纯洁、默默无闻的配角

花之意
满天星，又叫丝石竹、霞草，英文名为"baby's breath"，常作为其他花的配花

满天星一族
为人低调谦虚
有一种与世无争的气质
甘当配角
为人付出不图回报
看似不起眼，却在团队中不可或缺

假装错了

这天,依依跟着妈妈去姨妈家做客。吃饭时,一旁的小表妹琪琪扬起脑袋,一脸神秘地问道:"你们知道太平洋的中心是什么吗?"

"应该是一个不知名的小岛吧!"姨妈一脸认真地回答道。

琪琪听了,连忙摆手说:"不对,不对,再猜!"

一旁的依依早就知道答案了,她得意地回答道:"太平洋的中间是'平',对吧!"

"你怎么知道?"琪琪嘟着嘴巴问。显然,答案这么快就被揭晓,这让她有些不高兴了。不过,很快她又打起精神来,继续问道:"树上有7只鸟,开枪打死了一只,请问,树上还剩几只?"

对依依来说,这个问题也不难,她一脸不屑地回答道:"这很简单,当然一只不剩啦,鸟儿们都被吓跑了。"

"不对,不对!"琪琪皱着眉头,大声喊道,"还剩下一只,那只被打死的鸟儿还挂在树上呢！"接着，她把头转向依依的妈妈，问道："姨妈，你说是不是？"

依依的妈妈笑了笑，假装思考了一会儿，回答道："我想，琪琪是对的。"说着，她向依依使了个眼色。

依依见妈妈也帮着表妹，只好气鼓鼓地不说话了。而琪琪，则得意扬扬地笑了起来。

回家的路上，依依气呼呼地对妈妈说："妈妈，您为什么说琪琪是对的，她明明在乱说。"

"亲爱的，我们为什么非得争个对错呢？"妈妈抚摸着依依的小脑袋，语重心长地说，"琪琪还小，你是姐姐，应该让着她才对呀！就算你假装自己错了，也不会损失什么，还会让大家都开开心心的，这有什么不好呢？"

依依听了，顿时惭愧地低下了头。

花仙子彩笺

每件事都必须要争个对错吗？显然，在某些特殊情况下，我们可以适当地装装糊涂。"糊涂"不是犯傻，不是愚昧；而是一种气度，一种修养，一种智慧。生活中有些事情不必过分认真，过分计较，还需要点糊涂的态度，给对方留一些面子，给矛盾缓解留点余地，也给生活增添一点"朦胧美"！

心香一瓣

你很聪明，与伙伴玩游戏，你总能毫不费力地赢她，如果你能不那么计较输赢，她一定更乐意和你玩；伙伴在大家面前吹了一下小牛，如果不涉及原则问题，就别拆穿她啦！

向孩子道歉

宋庆龄是一位优雅贤淑的女性,她在衣着方面讲究整洁得体,同时也常常提醒身边的人注意卫生。

有一次,宋庆龄应中国福利会邀请,去儿童艺术剧院看小演员们排练节目。孩子们见到她,都亲切地称她为"宋奶奶"。

宋庆龄一边走一边看,不停地夸赞小演员们表演精彩。忽然,她在一位小演员跟前停了下来,蹲下身子,微微皱眉,问道:"孩子,你的小手脏了,怎么不去洗洗呀?"

那个孩子站在原地,难为情地低下了头。

宋庆龄笑了笑,又说道:"我们要讲卫生,身体才会健康,你说对不对?"

孩子红着脸点了点头，然后默不作声地离开了。

过了一会儿，另一个孩子走到宋庆龄跟前，凑到她耳边小声说道："宋奶奶，小海的手不脏，只是很黑。"小海就是刚刚那个害羞的孩子。

宋庆龄一听，顿时觉得很内疚，就走到小海面前，蹲下身子，一脸歉意地对他说："孩子，刚刚真是对不起，宋奶奶弄错了。"

小海连忙摆摆手，说："不，宋奶奶，是我的手太黑了，看起来确实很脏。"

宋庆龄轻轻握住小海的一双小手，慈祥地说："好孩子，是我错了，我应该跟你道歉。"

六十多岁的宋庆龄老人，这样诚恳地向一个孩子道歉，感动了在场的每一个人。

花仙子彩笔

宋庆龄当时已经六十多岁了，而且担任国家要职，她却为了一件小事，真心实意地向一个孩子道歉，可见她是一个多么谦逊的人啊！谦逊是一切美德的皇冠，是提高修养最便捷的途径，它就像一个空杯子，能容纳一切它愿意容纳的，也能吸收一切它可以吸收的。拥有了谦逊，你就远离了傲慢与自负，成为了一个值得别人尊重和欣赏的人。

心香一瓣

取得成绩，别骄傲，认识自己的不足，多向别人学习；时刻保持谦虚的态度，多做一点，少说一点；严于律己，宽以待人，尊重身边的每一个人。

谁吃过蓖麻籽

五年级的教室里,老师刚讲完一堂有趣的自然课。

此时,离下课还有十分钟,老师将幻灯机打开,对同学们说:"下面请大家看一组图片,认识认识这些不常见的植物。"

接着,幻灯机屏幕上出现了一堆麻灰色的、形状像瓜子仁的东西,下面赫然写着三个字:蓖麻籽。

有个男孩将头转向同桌的女孩,一脸好奇地问:"蓖麻籽是什么呀?能吃吗?"

女孩皱着眉头想了想,回答道:"能吃啊,我都吃过!"

男孩一听,眼神里顿时充满了崇拜之意,他赶紧问道:"快说说,它是什么味道的?"

女孩扬着脑袋,一脸得意地说:"它的味

道有些特别，刚放在嘴里是苦的，舌头会有一点儿麻。但把它嚼碎，它就变成甜的了。"

听女孩这么一说，男孩馋得口水都快要流出来了，他自言自语道："蓖麻籽真是个好东西，我要是能尝一尝就好了。"

此时，一旁的老师正巧听到了他俩的对话，他走上讲台，问道："请问，你们中有谁吃过蓖麻籽？"

同学们你望望我，我看看你，都一脸疑惑地摇了摇头。这时，女孩举起右手，用洪亮的声音回答道："老师，我吃过！"

看着所有人羡慕的眼光，女孩更加得意了。

这时，老师笑了笑，说道："那它的味道一定不怎么样，因为它是一种工业植物，从没有人把它当食物吃过。"

同学们听了，都哈哈大笑起来，只有女孩红着脸儿低下了头。

花仙子彩笺

女孩真的吃过蓖麻籽吗？当然没有，蓖麻籽根本不能吃。那她为什么要说谎呢？这是她的虚荣心在作祟，她希望得到别人的崇拜和羡慕，渴望站在最耀眼的位置，所以她才夸下了海口。其实，能不能被人关注，是不是主角，又有什么关系呢？只要你在适当的位置，做着适当的事，总有一天会发光发热的。

心香一瓣

学会接受批评，接受失败，以平常心面对挫折；不一定什么都要强出头，适当的时候放低自己，把机会留给更需要的人。

衣架和扫帚

有一户人家,要将房子重新装修一番,很多旧的物品被搬进了储藏室里,其中就包括一根旧衣架。

旧衣架刚一进储藏室,就被横在门口的一把破扫帚绊倒了。她气呼呼地对扫帚说:"你这个木头做的丑家伙,知道我是谁吗?竟敢挡我的路。"

扫帚嘟哝道:"不就是衣架吗?还不是和我一样,是木头做的,有什么好神气的。"

储藏室里的其他物品听了,都"咯咯咯"地笑起来。

衣架斜着眼睛,不屑地说:"木头和木头也是有区别的。我可见过大世面,穿过好多高贵的衣服;而你这把破扫帚,每天都和垃圾做伴,真是肮脏又卑微的家伙。"

扫帚被衣架说得涨红了脸,只好躲进了门口的角落里。

就在这时，储藏室的门突然被打开了，只见主人走了进来，将衣架和扫帚一齐带了出去。

主人将他们交给木匠。木匠去掉衣架上的枝杈和挂钩，只留下一根长长的主干；接下来，木匠又拔下扫帚上已经腐蚀的杆子，将衣架的主干装了上去。

从这天起，衣架再也不敢狂妄自大了，因为她成了扫帚的助理，他们一起回到主人的房间，开始了每天辛勤的劳动。

花仙子彩笺

衣架无论如何也想不到，一向自命不凡的她，竟然有一天成了一根扫帚杆子。人生就像坐过山车，有可能抵达高峰，也有可能陷入低谷，是一个刺激的冒险过程。而拥有一颗谦虚谨慎的心，才能让自己保持好的心态，有承接辉煌的豪情，也有面对不幸的勇气。

心香一瓣

学会欣赏别人的优点，适当时，不要吝啬你的赞美；你的优点不该用自己的嘴说出来，而是用别人的眼睛看出来。

让女孩更完美的100个故事

神奇的"轻功"

飘飘从小生活在大城市里,有一年暑假,她去乡下外婆家玩。

外婆家后面有一个小池塘,那里常常会聚集很多孩子,他们在那儿抓鱼、玩泥巴、过家家,好不热闹。

每次,飘飘经过池塘,那些孩子就会热情地和她打招呼,并邀请她一起玩耍,但她从来不参与其中。因为她总认为自己是城里人,和这些乡下孩子有什么好玩的呢?

有一次,飘飘又经过池塘,突然,她看到有个孩子从水面上"飞"了过去。飘飘还以为自己眼花,她揉了揉眼睛,再仔细一看,又有几个孩子"噌噌噌"地"飞"过了水面。

"这是怎么回事?难道他们都会轻功?"飘飘真想上前去问个究竟,可是她转念一想:我可是从大城市里来的,怎么能比乡下人没见识呢?我才不要问他们呢!于是,她"哼"了一声,扬着脑袋离开了。

到了傍晚,飘飘实在忍不住了,就独自一人来到池塘边。她看着波光粼粼的水面,心想:这些乡下人能过去,我也一定能过去。

于是,她走上前去,伸出右脚,往水里一跨。只听"扑通"一声,她一头栽进了池塘里。

飘飘不会游泳,她一边在水里挣扎,一边大声喊救命。有几个孩子经过池塘,听到呼救声,就赶紧跳进水里,将飘飘拉了上来。

飘飘一上岸,就一边抽泣,一边委屈地说道:"为什么你们能飞过去,我却过不去?"

孩子们一听,笑了,他们解释道:"这池塘里有一排木桩,由于前两天下大雨,涨了水,所以就看不见木桩了。我们经常在这里玩,知道木桩的位置,就能踩着它过去啦!你要是问一问我们,就不会掉下去啦!"

飘飘一听,羞愧地低下了头。

花仙子彩笺

生活在城市,并不是值得骄傲的资本;物质的优越,也并不代表精神的富有。如果,一个人不能放低姿态,而总把自己摆在很高的位置,终有一天会摔得很重。

不管你是谁,请收起你的优越感,因为那些不是通过自己的努力得来的优势,是不值得骄傲的。你在嘲笑、看不起别人的同时,也同样是在为自己的"高贵"打上一把大大的红叉。

心香一瓣

不管是外貌,还是穿着打扮、家庭条件,都不要和别人攀比;交朋友不是看成绩、看家世,品性才是最重要的;每个人都有他的长处,千万不要小瞧任何人。

一次特别的对话

萧伯纳是英国著名的剧作家。有一年,他接受苏联作家协会的邀请,去莫斯科度假。

一天,他在莫斯科街头散步,看到一个可爱的苏联小姑娘。小姑娘梳着两条小辫子,圆圆的脸红得像苹果,嘴里唱着欢快的歌。萧伯纳很喜欢她,就走上前去,叫住了她。小姑娘一点儿也不怕生,和萧伯纳高高兴兴地聊了起来。

时间过去了一个小时,天色渐渐暗了下来。小姑娘礼貌地对萧伯纳说:"先生,我很开心今天能和您聊天,不过现在我得回家去了。"

"好的!"萧伯纳拍拍小姑娘的头,微笑着说,"记住,回去告诉你的妈妈,今天你和英国作家萧伯纳聊了很久!"

小姑娘挠了挠头,望了萧伯纳一眼,然后学着他说话的语气回答道:"那么,也请你回去告诉你的妈妈,今天你和可爱的苏联小姑娘安娜聊了很久。"

　　小姑娘的话让萧伯纳大吃一惊，脸上露出了尴尬的表情。小姑娘却调皮地向他眨了眨眼睛，然后一溜烟跑开了。

　　这时候，萧伯纳才意识到，自己刚刚做了一件多么愚蠢的事。

　　后来，萧伯纳一想起这件事，就提醒自己：一个人，不管有多大的成就、多高的地位，都要时刻保持谦虚，都应该平等对待任何人。

花仙子彩笺

　　世界上很多名人之所以能有大的成就，都是因为他们有谦虚的品质。乐圣贝多芬就曾说过："我只是写下了几个音符罢了！"获得诺贝尔文学奖的福克纳也说过："我不是文学家，我只是一个谈故事的农夫。"他们的谦虚为他们的成就添光增彩，也让世人崇敬。

　　人外有人，天外有天，我们应该像这些名人一样，时刻保持谦虚、低调，这样才能赢得更多的掌声，这样才能得到所有人的尊重和喜爱。

心香一瓣

　　不管你是班级组长、班长，还是学校中队长，都是普通学生，没有任何特权，同样不能迟到早退，也不能上课开小差哦！

"识字"的老鼠

有一天,住在图书馆的白老鼠走在街上,遇见了住在粮仓里的灰老鼠。白老鼠一脸同情地对灰老鼠说:"你真可怜呀,每天住在昏天暗地的粮仓里,除了会偷粮食吃,其他的什么也不会。"

灰老鼠不服气了,哼哼唧唧地问:"你不也是老鼠吗?有什么了不起的?"

白老鼠得意扬扬地说:"我当然和你不一样啦!我住在清静、雅致的图书馆里,每天和书籍打交道。如今,天文地理、历史文学,没有我不知道的。"

"哇!"灰老鼠一听,一脸崇拜地问道,"你当真什么都知道?"

"那当然!"白老鼠更神气了。

灰老鼠高兴地说:"我正好有件事很苦恼,想找人帮忙呢!今天遇到了学识渊博的你,我真是太幸运了。"说完,它就把白老鼠带到了粮仓里。然后,它指着桌上的一个瓶子,问道:"您学问这么高,一定会认字吧!

请帮我看看,这瓶子上写着什么?"

白老鼠哪认得字呀,它之前只不过是在吹牛罢了。它看着瓶子上的三个大字,愁得说不出话来。就在这时,一阵风吹过,瓶子里飘出一股香油味。白老鼠灵机一动,大叫道:"香麻油,没错,上面写着'香麻油'。"

"你确定?"灰老鼠一脸狐疑地望着白老鼠。

"当然,你要是不信,我喝给你看。"白老鼠说完,拿起那瓶"香麻油","咕噜咕噜"喝起来。谁知它刚喝两口,就口吐白沫,四腿一蹬,倒在地上死了。

灰老鼠吓得赶紧逃跑了,它总算弄清瓶子上写着什么了,那是老鼠家族闻风丧胆的三个字——老鼠药。

花仙子彩笔

白老鼠不懂装懂,自欺欺人,结果白白断送了自己的性命。不懂装懂,就像给自己盖了一层遮羞布,暂时蒙骗了自己,可是等到真相大白的那一天,则要为自己的欺骗行为付出代价。

其实,人不可能对任何事物都很了解,必然有很多不足,这并不是什么羞耻的事。面对不懂的事,我们应该少几分虚伪,多一些坦诚;少一些自傲,多一些谦虚。这样才能避免自己犯一些不该犯的错。

心香一瓣

我们要虚心受教,不懂就要问,别为了所谓的"面子",不懂装懂;任何时候都不要逞强,任何人都有不足之处,承认自己的不足,并不代表你很差。

让女孩更完美的100个故事

像栀子花一样
心怀感恩

花之说

从前,天上有位仙女,名叫栀子花。她早就厌倦了天宫冷清又寂寞的生活,就想去繁华的人间走一遭。

一天,她偷偷溜下凡间游玩,很快就被人间的美丽景色吸引,再也不舍得离开。于是,她化身成了一棵花树,立在田埂上。

傍晚时分,一位农民干完农活回家,看见了这棵小树,甚是喜欢,就将它移回家,种在了院子里。

农民每天为小树浇水、施

肥，从不怠慢。在农民无微不至的照顾下，小树长得枝繁叶茂，还开出了一朵朵洁白的花儿。

栀子花感受到了人间的温暖，非常感动，于是她决定要报答农民。白天，等农民一出去务农，她就化身成人，为农民洗衣做饭，打扫房屋；到了晚上，她又变回花树，释放出清新淡雅的香气，给农民带去好心情。

后来，远近的百姓知道了这件事，都在院子里种起了栀子花。从此，人间处处充满了栀子花的香气。

花之语
感恩

花之意
栀子花，又叫黄栀子，英文名为"gardenia"，是湖南省岳阳市的市花

栀子花一族
冰清玉洁
有感恩知报的心
宽容大度
待人真诚
拥有一颗赤子之心

最后一片面包

贫穷的小镇上新开了一家面包店,浓浓的面包香从店里飘出来,吸引了一大群穿着破烂的孩子。他们一个个伸长了脖子,围在面包店门口,不敢进去,也不肯离开。

面包店的店主是个心地善良的人,他拿上一篮子面包,走到孩子们面前,说:"从今天起,你们每人可以从我这拿到一个面包。"

孩子们一听,都欢乐地冲上前去,抢起了面包。一个个你推我,我挤你,谁也不让谁,都想拿到最大的面包。拿到面包的孩子,叫喊着蹦蹦跳跳地离开了,谁也没有转过头来,对店主说一声谢谢。

等所有孩子都散开了,一个小女孩出现在店主面前,她怯生生地走上前去,拿起篮子里剩下的最小的一个面包,然后向店主深深鞠了一躬,这才离开。

第二天,面包店店主又在门口派发面包了。像之前一样,除了那个小女孩,其他孩子拿了面包后就一哄而散了。最后,篮子里又只剩下一个又小又硬的面包,店主把它递给小女孩,一脸遗憾地说道:"真抱歉,但愿这个小面包能填饱你的肚子。"

小女孩微笑着接过面包，回答道："先生，这对我来说已经很好了，我很感谢您。"说完，她又向店主鞠了一躬。

小女孩拿着面包，高兴地跑回了家。她拿出小刀，把面包切成两半，准备给妈妈尝一尝。一刀下去，面包里面突然掉出好几个银币。

小女孩心想：这一定是店主揉面时不小心掉进去了，我得赶快还回去。

于是，小女孩拿着面包再一次来到了面包店。当她把银币递到店主面前时，店主抚了抚她稚嫩的脸，微笑着说："孩子，这些银币是我故意放进去的，这是对你感恩的回报。"

花仙子彩笺

千万不要理所当然地享用别人的付出，当别人给予我们帮助时，我们要懂得感恩。哪怕这种感恩只是一个充满诚意的微笑，一句简单的"谢谢"，一个真挚的鞠躬，它都能传递人与人之间最真的情意，都能架起一座爱的桥梁。常怀感恩之心，你就会对生活少一份挑剔和敌意，多一份欣赏和感激；常怀感恩之心，你会赢得更多尊重和关爱。

心香一瓣

不管是谁帮了你，不管他对你的帮助多么渺小，都请对他说"谢谢"；不仅感恩帮助过你的人，父母、老师、朋友，甚至生活、自然，都是值得你感恩的。

第一罐可乐

坐在开往南方的火车上,阿秀手里紧紧攥着一张大学录取通知书。这是她十八年来第一次走出大山。

拥挤的车厢里又闷又热,阿秀突然觉得有些口渴,她从背包里拿出一个水壶摇了摇,里面已经空了。这时,乘务员推着售货车走了过来,货架上摆满了各式各样的饮料。阿秀忍不住从口袋里摸出几块钱,买下了一罐可乐。

面对人生中的第一罐可乐,阿秀犯了愁:这罐可乐连个盖都没有,要怎么开启呢?

这时,坐在对面的大姐默默地从包中拿出一罐汽水,用余光瞟了阿秀一眼,然后拉开汽水的拉环,喝了一小口。聪明的阿秀一下就明白了,大姐在给她做示范。

照着这位大姐的做法,阿秀将拉环一拉,可乐"嘭"的一声开了。

一路上,两人并没有说话,但阿秀对这位好心的大姐充满了感激之情。

四年后,阿秀大

学毕业，成了一名人民教师。

班上有一个身患肿瘤的女孩，因为化学治疗，她那一头乌黑的长发全掉光了。尽管这样，女孩还是每天坚持来学校上课。

可是，小女孩都爱美，当她顶着光秃秃的脑袋走进教室时，她的脸上写满了自卑和不安。阿秀将这一切看在眼里。

放学前，阿秀对同学们说："从明天开始，请大家戴上你们认为最奇特的帽子，我们要来一个帽子大比拼。"

第二天，同学们戴着各式各样的帽子来学校。女孩也戴着帽子站在他们中间，和其他孩子没有什么差别。终于，她的脸上露出了轻松的笑容。

看着帽檐下那张灿烂的笑脸，阿秀想到了当年火车上的自己，她心想，如今她终于将这份关爱，传递给了更多需要爱的人。

花仙子彩笺

花朵感恩绿叶，因为绿叶让它如此美丽；绿叶感恩水滴，因为水滴让它如此青翠；水滴感恩大海，因为大海让它永不干枯……如果人人都能在获得关爱的同时，懂得将这份爱延续下去，去帮助更多需要帮助的人，那这份爱就会如蒲公英的种子一般，播撒出更多的爱。

心香一瓣

当你迷路时，有陌生人为你指了路，如果你下次遇到迷路的人，也请为他指明方向；当你伤心时，有伙伴在身边安慰你，如果你再看到有人在哭泣，也请为他擦干眼泪。

泥地里和石头上

安娜和朱莉是很要好的朋友。有一天，她们相邀去爬山。

两人爬到半山腰，眼前突然出现了两条分岔路。朱莉坚持要走左边那条路，安娜却固执地要走右边，两人争论了起来，谁也不肯让谁。

争着争着，暴脾气的朱莉伸手推了安娜一掌，安娜一个没站稳摔倒在地，膝盖磕破了皮。

安娜伤心极了，于是用一根小木棍在路边的泥地上写道："今天，朱莉推了我一掌。"

之前的好兴致全被这件事给搅黄了，两人决定下山去。一路上，两人一前一后地走着，一句话也没说。

走到一段极陡的下坡路，安娜因为膝盖有伤，一个趔趄，差点栽了下去。就在这时，朱莉及时伸出手来，一把拽住了安娜，化险为夷。

经过一块大岩石时，安娜从兜里掏出一把小刀，一笔一画地在上面刻起了字。朱莉凑上去一看，安娜在上

面刻着:"今天,朱莉拉了我一把!"

朱莉有些摸不着头脑,问道:"为什么我推了你一掌,你写在泥地里;我拉了你一把,却刻在石头上呢?"

安娜笑了笑,回答道:"亲爱的朱莉,当我们之间产生矛盾时,我希望这种误会能很快消除,就像溪水冲走泥地上的字迹一样;而当你帮助我时,我希望能永远记住你的恩情,就像石头上的刻字一样永不磨灭。"

花仙子彩笺

"朋友"是最普通的词汇,又是最难得的情意。当你开心快乐时,朋友就是一首欢快的歌曲,与你一起分享喜悦;当你伤心难过时,朋友就是一块温暖的手帕,拭去你眼角的泪珠;当你彷徨无助时,朋友就是一把宽大的雨伞,为你遮风挡雨。

不要因为朋友的小小过失,就心存芥蒂;也不要把朋友的付出当做理所当然。忘记该忘记的,记住该记住的。这就是友谊长青的秘诀。

心香一瓣

伙伴弄脏了你的花裙子,自己轻轻擦拭干净,然后微笑着对她说"没关系";朋友用她瘦小的身体把发高烧的你背到医务室,以后你应该加倍地对她好。

最幸运的客人

一位老奶奶和一个小女孩走进一家面馆,在靠窗的位置坐了下来。老奶奶点了一碗牛肉面,将它推到小女孩面前,一脸慈祥地说:"你快吃吧!奶奶已经吃过了。"

"奶奶,您真的吃过了吗?可别骗我。"小女孩问道。

"奶奶真吃过了,而且吃得很饱呢!"老奶奶笑盈盈地说。

这下小女孩放心了,她大口大口地吃起来。

结账时,老奶奶从兜里拿出一块叠好的手帕,小心翼翼地打开它,将里面那些皱巴巴的零钱倒在桌上,认真地数起来。

一旁的服务员将这一切看在眼里,她走到老奶奶面前,微笑着说:"老人家,恭喜您,您是我们店今天的第一百位客人,可以享受免单优惠。"

服务员目送祖孙俩开心地离开,然后她从自己兜里掏出五元钱,默默放进了收银台里。

一个月后的一天,服务员又看见了那个小女孩,她蹲在马路对面朝这边望过来。服务员仔细瞧了瞧才明

白，原来女孩在数店里的客人，面馆每进一个客人，她就会用树枝在地上划一下。

当小女孩划到第九十九下时，她雀跃地跳起来，飞快地跑开了。不到一分钟，小女孩牵着奶奶再次来到面馆。

"奶奶，今天我请你吃牛肉面。"小女孩说道。

"你哪来的钱呀！"老奶奶担心地问。

"奶奶，我已经数过了，您是第一百位客人哟！"小女孩得意地说。

这时，服务员端来一碗热腾腾的牛肉面，微笑着说："您孙女说得对，您是第一百位客人，是免费的。"

小女孩双手托着下巴，一脸幸福地看着吃面的奶奶。而那位好心的服务员，也正微笑地看着这幅温馨的画面。

花仙子彩笔

这碗热腾腾的牛肉面不仅温暖了那祖孙俩的胃，更触动了所有善良人的心。小女孩用自己的实际行动来回报奶奶的爱，服务员又用善心呵护着这颗稚嫩的感恩之心。爱在她们之间开放出美丽的花朵，绚烂了整个世界。如果所有人都能心存感恩，并愿意用自己的行动回报亲人、回报社会，那我们的世界将变得多么美好啊！

心香一瓣

爷爷奶奶总是把最好的东西留给你，对你百般疼爱、呵护，你是不是应该好好孝敬他们，把他们对你的好百倍、千倍地回报给他们呢？

那是谁的手

大山深处,简陋的教室里,一位老师正在给孩子们上美术课。

她对孩子们说:"同学们,想一想你们最感激的东西是什么,将它画下来吧!"

孩子们个个摸摸脑袋瓜,好一阵苦思冥想。不一会儿,教室里传来"沙沙沙"的画画声,孩子们都有了自己的答案。

老师将手背到身后,轻轻走下讲台,低头欣赏每一个孩子的画。有的孩子画了一只冒着热气的烧鸡,有的画了一本崭新的书,还有的画了太阳和大山……

老师走到教室最后一排,突然停了下来,她眼前的小女孩娜娜正在认真地作画。娜娜画了什么呢?那是一只并不精致的手,如果不仔细看,很容易被误认成一株仙人掌。

"你画了一只手,对吗?"老师微笑着问道。

"是的!"娜娜用力地点了点头。

其他孩子听见了,也都好奇地凑过来。不仅他们,就连老师也想不明

白,娜娜为什么要感激一只手?而这只手又是谁的呢?

"这一定是上帝的手!"有个孩子猜道。

"不,它看起来更像农民伯伯的手。"另一个孩子反驳道。

"它也有可能是娜娜自己的手。"

……

孩子们给出了五花八门的答案。最后,他们安静下来,一脸期待地看着老师,希望从她那儿得到正确答案。老师把脸转向娜娜,用手轻轻抚了抚她的头发,问道:"娜娜,你能告诉老师这到底是谁的手吗?"

娜娜腼腆地笑了笑,低声回答道:"这是老师您的手啊!"

原来,娜娜最感激的就是老师那教给她知识、带给她温暖的手掌。

花仙子彩笺

大树感恩土地,因为土地培育它成长;大雁感恩蓝天,因为蓝天承载它飞翔;我们感恩老师,因为老师不仅带领我们走进了知识的殿堂,还无私地给予我们春天般的关怀。感恩老师,不需要太多华丽的辞藻,也无需任何浮夸的举动。只要你一个真诚的微笑,一声亲切的"您好",就是对老师最好的感谢。

心香一瓣

老师白天要教我们知识,晚上还得备课、批改作业,实在太辛苦,我们以后一定要认真学习,绝不让老师操心,用实际行动回报老师。

为爱留一扇门

在一个偏僻的山村里,住着一对穷苦的母女。妈妈怕家里进小偷,每晚睡觉前,她都会在门上锁三把锁。女儿心想:"家里穷得连老鼠都不光顾,更何况是小偷呢!妈妈真是太小题大做了。"

女儿一天天长大,她越来越不能忍受贫穷的乡下生活,她多想走出这里,去那繁华的大城市看一看。

这天,天刚蒙蒙亮,女儿收拾好行李,背着熟睡的妈妈偷偷跑出了家。她头也不回地踏上了旅途,并决心再也不回这个穷地方。

可是,外面的世界并没有她想象的那么美好,她在外风餐露宿,吃尽了苦头。这时,她才明白生活有多不容易。

一晃十年过去了,生活的压力让她不堪重负,她再也支持不住了,就拖着一颗疲惫的心回到了故乡。

她走到家时已经是后半夜,可是窗子里依然透出微弱的光。她

轻轻敲了敲门，门突然"吱呀"一声开了。难道妈妈还没有睡吗？她怎么连门也没锁呢？带着这些疑问，她蹑手蹑脚地走进屋子。只见妈妈靠在桌前，一只手撑着头，闭着眼睛睡着了。

"妈妈！"女儿激动地喊了一声，然后跪倒在妈妈膝前。

妈妈从睡梦中惊醒，看见眼前泪眼婆娑的女儿，一把将她拥入怀中，慈祥地说："女儿，你终于回来了！"

女儿一边抽泣，一边抬起头来好奇地问道："妈妈，您今天怎么靠在桌子上睡着了，而且门也没锁呢？"

妈妈含着泪回答道："不止今天，这十年的每一晚我都为你留着门，坐在这里等你回家呀！"

花仙子彩笺

母爱是世界上最无私的感情，它就像雨露一般，默默滋润着小树苗一般的我们，让我们茁壮成长。妈妈不仅给了我们生命，哺育我们成长，还教会了我们许多人生的道理。母亲是我们扬帆远航的动力，也是我们栖息停驻的港湾，任何时候都不能忘记她，而且要用更多的爱，用每一次的行动来回报她。

心香一瓣

时常对妈妈说一句"辛苦了"，多陪她说说话，为她递上一杯茶，让妈妈也感受到你的爱吧；妈妈的生日快到了，亲手为她织一条围巾，或做一张精美的卡片，谢谢她这么多年辛勤的付出。

一件旧雨衣

星期天的下午,阿庆正在家里睡大觉,屋外突然下起雨来,噼里啪啦的雨声将他吵醒,他极不耐烦地起身去关窗。

阿庆走到窗边,突然看见屋檐下站着一个瘦弱的身影。他仔细瞧了瞧,那是一个穿着破烂的小姑娘,她两只手拽着一个渔网兜,里面装满了各种瓶瓶罐罐。原来是个捡破烂的呀!很显然,这场雨将她困在了这里,此刻她正焦急地等待雨停。

阿庆本不想理她,可是他心里又有些不安,心想:这雨一时半会儿也不会停,她这么站下去也不是办法呀!

阿庆走进杂货间,翻箱倒柜地找起来。不一会儿,他摸出一把旧伞,撑开一看,上面虽然粘了些灰尘,但一点儿也没坏。他摇了摇头,将伞放回了原处,心想:我干吗给她一把好伞?这伞拿出去了,肯定回不来,收破烂的都这样。

又找了一会儿,他

从角落里扯出一件旧雨衣，抖开一看，上面裂开了好几道长长短短的口子。阿庆满意地点了点头，拿上雨衣走了出去。

"喏！拿去吧！"阿庆面无表情地将雨衣递到姑娘面前。

姑娘从阿庆手里接过雨衣，连声道谢。然后她将雨衣披在身上，抱着她那一袋"宝贝"冲进了雨里。

第二天早上，阿庆急匆匆地出门上班，走到门口时差点被什么东西绊了一跤。他扭头一看，是一个红色的塑料袋。

"谁把垃圾扔在了我家门口？"阿庆大声嚷嚷道。他拾起塑料袋准备扔出去，却发现里面的东西十分眼熟，那不是他昨天给那姑娘的雨衣吗？他拿出雨衣一看，顿时惊呆了，上面不但一点儿污渍也没有，而且所有的裂口全都用透明胶粘好了。

阿庆拿着雨衣，久久凝视着远方，他的眼中充满了对那位姑娘的敬意。

花仙子彩笺

在很多人看来，捡破烂的人是卑微的，甚至是丑陋的，可是在他们平凡甚至是肮脏的外表下却藏着一颗善良的心，一颗感恩的心。比起那些外表光鲜亮丽，却一心只知道算计别人的人，他们要高尚、美丽得多。无论在何时、何地，都始终怀抱着一颗感恩之心，这样的人才值得钦佩，才是我们学习的榜样。

心香一瓣

不管你是贫穷，还是富有，都要心怀感恩之心；感谢帮助过你的人，给你前进的力量；感谢伤害过你的人，使你变得更坚强。

知恩图报的狮子

一位牧羊人在森林里放羊,一只狮子突然从树丛里窜出来。牧羊人吓得魂飞魄散,抱着头蹲在地上直发抖。

狮子径直向牧羊人走过来,走到他面前时却停住了脚步。这是怎么回事?牧羊人慌慌张张地抬起头来,看见狮子竟然蹲坐下来,将一只脚伸到他面前。牧羊人一看,狮子的这只脚上插进去一根很大的刺,整个脚掌都肿了。他立马明白了狮子的意思,它需要帮助。

牧羊人没多想,他拿出一把小刀,小心翼翼地划开狮子脚上的伤口,将那根刺取了出来。接着,他又从衣角上扯下一块布,细心地将狮子的脚包扎起来。

几天下来,狮子在牧羊人的照料下,伤口渐渐愈合。等伤完全好了,它又回到了森林里。

后来,牧羊人因为犯了一点小过错,竟然被判了死刑。那时候,凡是死囚都会被送到斗兽场,与一些凶猛的动物进行决斗，以供那些贵族和高官娱乐。牧羊人也未能幸免，几天后他也被送进了这个残酷的地方。

牧羊人站在空旷的广场中间，只听得一声可怕的咆哮，一只饥饿的狮子从角落里冲了出来。可是，狮子一见到牧羊人，立马变得温顺起来。它慢慢走过去，卧倒在牧羊人身边，一脸恭顺的样子。原来，它就是牧羊人救过的那只狮子，也不幸被抓来做斗兽表演。

看着眼前的画面，在场所有人都惊呆了。随后，牧羊人将整件事讲了出来。人们被牧羊人的善良和狮子的知恩图报所感动，他们发出一致的声音，请求执法者释放牧羊人和狮子。最后，执法者敌不过群众的呼声，将自由还给了牧羊人和狮子。

就这样，牧羊人回归了平静的生活，狮子又回到了大自然中。

花仙子彩笺

感恩无处不在。它是鸟儿飞过天空，留下动人的歌唱；它是花儿开在春天里，飘出怡人的花香；它是细雨落在大地上，滋润了所有的生命。世界因为有了"感恩之情"，才会变得如此绚烂多姿。

牧羊人与狮子之间的故事，就是生命最动情的一曲赞歌。它告诉我们，动物尚懂得知恩图报，更何况是人呢？

心香一瓣

当自己做了有恩于人的事时，不要念念不忘；当别人对你有恩情时，要时刻铭记在心。除此之外，只要你拥有一颗感恩的心，任何时候回报都不算晚。

一碗热汤面

一个又黑又冷的夜晚，有个小女孩漫无目的地走在街上。她的眼中噙满了泪水，一副很伤心的样子。

走着走着，小女孩突然觉得饿极了，她摸摸扁扁的肚子，抬头朝四周望去。这时，一个小面摊出现在她眼前，她怔怔地望着面摊，不愿意离去。

这时，卖面的老奶奶看到了小女孩，就温和地对她说："孩子，你一定饿了吧，过来吃碗面吧！"

女孩低着头，小声回答道："我没有钱。"

"没事，我请你吃。"老奶奶把小女孩拉到身边，为她做了一碗香喷喷热腾腾的面条。

女孩满怀感激，大口大口地吃起来。

老奶奶慈祥地摸着女孩的头发，问道："孩子，这么晚了，你怎么还不回家呀？"

女孩一听，停住筷子，哭着说："奶奶，我太感激您了，我们又不认识，您都对我这么好！可是，可是，我妈妈……"

"你妈妈怎么了？"老奶奶问。

"我妈妈一点儿也不爱我。"女孩伤心地说，"她因为一点小事就骂我，还把我赶出了家门。奶奶，您比我妈妈要好多了。"

老奶奶听了，皱着眉头说："孩子，你怎么会有这种想法呢？我只不过为你煮了一碗面，你就觉得我好；而你的妈妈，从你出生起就为你做饭，你怎么会觉得她不好呢？"

女孩顿时愣住了。她匆匆告别老奶奶，朝家的方向跑去。

当女孩跑到家附近时，发现妈妈正站在门口焦急地张望着。女孩再也忍不住了，她跑上前去抱住妈妈，泣不成声。

花仙子彩笺

很多时候，我们会对别人给予的帮助感激不尽，却总是忽视身边最亲近的人，对他们的关爱视而不见。有时候，我们甚至还把他们的错误无限放大，来证明自己已经长大。可是，这就是所谓的成长吗？当然不是，真正的成长，是能够包容父母的缺点，体谅他们的苦心，读懂他们的爱。这些，你都做得到吗？

心香一瓣

作为一个懂事的女孩，当爸爸妈妈批评你时，如果真是你错了，就要虚心接受教育；如果是爸爸妈妈错了，也不要急着反驳，等他们消气后，再耐心地向他们解释吧！

让女孩更完美的100个故事

像风信子一样珍爱生命

花之说

希腊神话中，有一位英俊潇洒的少年，名叫雅辛托斯，他和光明之神阿波罗很是要好。西风之神杰佛瑞斯非常嫉妒他们的友谊，就想找个机会作弄他们一番。

这天，雅辛托斯和阿波罗正在草地上掷铁饼，两人玩得甚是高兴，笑声传遍了四周，飘进了杰佛瑞斯的耳朵里。杰佛瑞斯很不痛快，他气呼呼地跑过去，躲在一棵大树后，准备使坏了。

就在阿波罗将铁饼掷出去

时,杰佛瑞斯用力朝铁饼吹了一口气。铁饼掉转方向,朝丝毫没有防备的雅辛托斯飞过去,"砰"的一声,重重地砸在了他的额头上。雅辛托斯顿时倒在地上,鲜血从额头上迸出,洒了一地。

阿波罗尖叫着跑过去,心痛地抱起朋友,试图将他救活,可是一切都晚了,雅辛托斯永远地闭上了眼睛,停止了呼吸。

不一会儿,雅辛托斯的鲜血渗进了土里,草地上长出一串串紫色的、像铃铛儿一样的花朵。阿波罗知道这些花儿是雅辛托斯的化身,于是用他的名字为花命名。"风信子"就是"雅辛托斯"的直译。

风信子就是雅辛托斯生命的延续,它告诉人们,生命是脆弱而珍贵的,我们应该珍惜生命,让生命在有限的时间里发光发亮。

花之语
珍惜生命,象征生命生生不息

花之意
风信子又叫西洋水仙,英文名为"hyacinth"

风信子一族
随和可爱
积极进取,但好胜心强
有目标有理想
做事有主见有原则
对生命从来不怠惰

永不凋零的树叶

医院里，靠近院子的那个病房，住着一个得了绝症的小姑娘，名叫珍妮。她每天躺在病床上，静静地看着窗外的一棵树。从春天，到夏天，再到秋天，树上叶子由绿变黄，然后一片片落下。珍妮的心就像这棵落叶的树一般，一天天枯萎、凋零。

这天，珍妮像往常一样，望着窗外。一阵风吹过，树上的叶子如下雨一般纷纷落下，珍妮不禁感慨道："我就像这棵树一样，等叶子一落光，就会死去。"

这时，一位画家从窗前经过，正巧听到了这句话。画家心想：这个小姑娘多么可怜啊，我应该救救她。

于是，他拿出画笔和纸，画了一片翠绿的树叶，趁珍妮熟睡的时候，挂在了那棵树上最显眼的地方。

时间一天天过去，珍妮的病越来越严重。在病痛的折磨下，她已

经没有力气下床了,只能整日躺在病床上,两眼无神地盯着窗外那棵树。看着树上的叶子越来越稀少,珍妮陷入了深深的绝望中。

"等到最后一片叶子掉落,我就要离开人世了。"珍妮对自己说。

一天早上,珍妮睁开眼睛朝窗外一看,树上早已经光秃秃了,可是有一片绿叶却依然立在枝头,一动不动。

第二天、第三天……第五天,那片叶子依然顽强地立在那儿,而且依然那么绿,那么有生气。

"难道,上天不想让我死?"想到这里,珍妮脸上露出了难得的笑容。

几场大雪过后,那片绿叶依然没有凋零。就这样,寒冷的冬天悄悄过去,很快迎来了充满希望的春天。在一阵欢乐的鸟叫声中,珍妮换上久别的裙衫,走出了医院的大门——她奇迹般地康复了。

花仙子彩笺

人可以失去所有,就是不能没有希望。没有希望、哪怕拥有一切,也无法真正获得快乐;没有了希望,心就会一天天枯萎,直至生命凋零。人最大的财富就是希望,有了希望,就有战胜一切的可能。不管你身处绝境,还是被苦难包围,只要点亮希望之光,就能让生命变得坚不可摧。

心香一瓣

时刻保持乐观向上的心态,开开心心过好每一天,不管今天遇到多少不顺心的事,也相信明天太阳照常升起。

别让花儿白白开放

亚当夫人唯一的儿子死于一场车祸,她为此悲痛欲绝。葬礼结束后,她给了守墓人一大笔钱,让他好好打理儿子的墓,并交代他,每周放一束鲜花在墓碑前。

守墓人谨遵亚当夫人的交代,细心打理她儿子的墓。就这样过了几年,他再一次见到亚当夫人。

这位年迈的老妇人看起来并不好,她抱着一大束花,被司机搀扶着下了车,蹒跚着走到儿子的墓碑前,一脸哀伤地说:"孩子,真抱歉,这么久才来看你。这几年,我的身体一直不好,医生说我已经活不了多久了。孩子,我很快就能在天堂与你重逢了!"亚当夫人说完,把鲜花放在坟前,艰难地俯下身子轻吻了墓碑。

一旁的守墓人看着这一切,忍不住插嘴道:"夫人,你要我每周买一束鲜花放在这儿,这实在太浪费了。"

亚当夫人正沉浸在悲痛中,听到守墓人的话,简直要被气昏了。

可是,守墓人仍然固执地说道:"这

些美丽的鲜花，摆在死人的墓碑前，没有一点儿意义。花儿没有人欣赏、闻香，就这样漫无目的地枯萎。如果，这些花儿能送到福利院，让那儿的孩子感受到温暖和幸福，它们才算没白开一场。"

亚当夫人听了这一番话，什么也没说，她将坟前的鲜花抱起来，然后缓缓走回车里，离开了。

几个月后，亚当夫人再一次来到了墓园。她手中依然抱着一大束花，不同的是，这一次她精神抖擞、神采飞扬，完全变了个人似的。她将花送到守墓人手中，激动地说："谢谢你的忠告，让我找到了生活的意义。"

原来，那天亚当夫人离开墓园后，就去看望了福利院的孩子们，当她把鲜花递到孩子们手中时，看到了他们快活的笑容。从那以后，她天天去福利院，和孩子们在一起玩乐，灰暗的生活渐渐离她远去。

花仙子彩笺

如果我们一味地沉浸在痛苦中，周围的一切都是灰暗的、没有希望的。换一种态度，多接触那些美好的、温暖的事物，就会发现生活处处充满欢乐和希望。你看到的是什么，你的生活就是什么，如果你的眼前是一片繁华胜景，你的人生也将会灿烂如花。

心香一瓣

在你的窗前摆上一盆新鲜的植物吧，看着它在阳光下生长、绽放花朵，你的心情也会跟着变得很愉快哦。

定格的笑脸

一位摄影家来到了非洲一处难民营,他要用手中的相机记录下这里的贫穷和悲苦。

摄影家走进难民营,他看到有的人瘫软在地上痛苦地呻吟着,有的人靠在墙角一脸惊恐地盯着陌生的"侵入者",一幕幕沉重的画面就这样装进了摄影家的镜头里。

在静默的几个小时里,摄影家无数次按下快门,收集了几百幅世界上最悲悯的画面,直到所有胶卷都用完了。最后,摄影家叹了口气,关掉照相机,准备离开。

这时,一个瘦弱的小女孩跑过来,拉了拉摄影家的衣角,低声央求道:"先生,请您也为我照一张吧!"

"咦?你刚刚不在吗?"摄影家问。

小女孩指了指胸前那串金黄色的项链,回答道:"为了让自己看起来更好看,我做了这串项链,所以耽误了时间。"

摄影家仔细一瞧,那串项链竟然是用泥巴捏成的,上面撒满了金黄色的花粉。看着小女孩期待的目光,摄影家实在不忍心说出胶卷已用完的事实,于是,他点了点头,又打开了相机。

镜头里，小女孩的微笑是那么灿烂，摄影家不停地按下快门，尽管相机里什么也没留下。

后来，摄影家带着这个秘密回到了旅馆，小女孩的微笑一直在他的脑海里挥之不去。于是，他决定带上胶卷，再次回到难民营为小女孩拍几张照片。

由于摄影家所住的旅馆离难民营很远，他前前后后花了将近一个月的时间，才回到那里。可是，让他没料到的是，就在他赶来的前一天，那个小女孩因为一场感冒，永远地闭上了眼睛。

摄影家流下了自责的眼泪。小女孩的妈妈却走过来，对他说："这段时间，她一直盼望您能带来她的照片，这是她最快乐的一段日子。直到临终前，她的眼神里仍然满怀希望。"

花仙子彩笺

苦难可以没收人的财富、健康，甚至是生命，可是它却不能剥夺那灿烂的微笑。微笑是世界上最强大的力量，一个微笑能融化冰雪，一个微笑能点亮希望。面对艰难困苦，面带着微笑，怀抱着希望，心就会是甜的，看到的就会是灿烂的曙光。

心香一瓣

虽然，你不能像其他同学那样吃大餐、穿名牌，可是这根本不值得伤心，吃爸爸做的爱心便当，穿妈妈亲手织的毛衣，你不是照样很幸福吗？

生命最后一分钟

在一个夜深人静的晚上,死神来到了医院一间重症病房里,他对躺在床上奄奄一息的女人说:"你的生命已经结束了,跟我走吧!"

女人吃力地睁开眼睛,用微弱的声音恳求道:"请你再给我一分钟的时间!"

死神问:"一分钟你能做什么?"

女人回答道:"我想最后一次看看我的家人,看看天,看看地,再听一听鸟儿的歌唱,闻一闻花的芬芳……"

女人还没说完,死神就摇了摇头,说道:"你的要求我无法满足你。"

"为什么?"女人顿时感到无比绝望。都说死神无情,原来这话一点也不假。

死神解释道:"因为我已经给了你50年的时间来做这些事,你却从来没有珍惜过。"

女人气若游丝地辩驳道:"不!我一直很珍惜生

命的每一天。"

"真的吗？"死神发出质疑的声音，"那我来给你算一笔账吧！这50年，你有一半的时间在睡觉，其中有20年是正常睡眠，其余5年算是你超标的；你每天花2个小时打麻将，算起来又浪费了5年；除此之外，你每天还花2个小时与同事谈八卦、与邻居嚼舌根，这又是5年；还有……"

死神还想继续算下去，低头一看，女人早已经咽了气。"唉！"死神无奈地叹了一口气说，"你要是活着时，能省下一分钟，就能听我算完这笔账了，真是害我白白浪费口舌。"说完，死神带着女人的灵魂飞走了。

花仙子彩笺

女人在拥有生命的时候不懂得珍惜，把大好的年华全都浪费了。等到光阴耗尽、生命枯竭了，她才来后悔，才来感叹活着的时间太仓促。可惜生命只有一次，再多的感慨与悔恨都已经于事无补。正因为这样，我们才更应该趁现在，好好珍惜时间、珍爱生命，让每一分、每一秒都活得精彩，不留遗憾。

心香一瓣

如果你喜欢赖床，这可不是好习惯。一日之计在于晨，如果我们节省下赖床的十分钟，就可以多读一段课文或多做一道数学题啦！

瓶子里的鱼

妈妈的生日快到了,珊珊想送妈妈一份特别的礼物。

她走进一家小精品店,很快就被橱窗里的一只玻璃瓶吸引住了。这只玻璃瓶很特别,它看起来就像一只透明的芒果,而且没有瓶口,也没有瓶盖,四周是完全封闭的,里面装满了水,一条小指甲盖大小的鱼正在水里游着。

珊珊十分好奇,就指着那只瓶子,对坐在收银台前的老板问道:"这只瓶子连一条缝隙也没有,鱼是怎么进去的呢?"

老板笑了笑,回答道:"现代科技那么发达,没有什么是做不到的。"

珊珊又看了看瓶子的标价,才三十元。她心想:这个礼物便宜又奇特,妈妈一定会喜欢的。

于是,珊珊拿出钱来,满心欢喜地买了它。

可是,她刚走到店门口,心里又产生了一个疑问,她转身问老板:"你能告诉我,我要如何给这条鱼喂食,如何给它换水吗?"

老板一听,又乐了,他耐心地解释道:"你什么都不用做。瓶子里压缩了氧气,这条鱼能在里面活一年呢!"

"一年?"珊珊睁大了眼睛,问道,"那一年以后呢?"

"当然是死掉啦!"老板十分轻松地说,"小姑娘,才三十块钱,能管一年,已经很划算了。"

"那……那它原来能活多久呢?"珊珊又问。

老板有些不耐烦地回答道:"三四年吧!"

珊珊不再说话,她抱着那只小瓶子走出了精品店。可是,她并没有急着回家,而是来到了一条小河边。她蹲下身子,敲开玻璃瓶,让小鱼儿重获了自由。

珊珊站起身来,红扑扑的脸上露出了美丽的笑容。

花仙子彩笺

小鱼儿放在玻璃瓶子中,虽然美观又有趣,可是它的生命却被人为地缩短了两年,这是件多么残忍的事呀!动物和人一样,都拥有生存的权利,我们怎么能为了让自己快乐,而剥夺它们的生命呢?关爱身边的小动物,尊重每一条鲜活的生命,不仅是爱护大自然的表现,同样也是在净化我们自己的心灵呀!

心香一瓣

关爱小动物,珍爱小生命,我们可以做的事情有很多。比如,不要觉得有趣就抓小鱼儿、小昆虫来玩;告诉身边的人不要吃青蛙、蛇等动物,它们都是受保护的动物,等等。

将蜡烛点亮

在一个乡村里,有位妈妈和女儿相依为命,两人过着艰苦贫穷的生活。可是,现实总是太无情,女儿因为得了一场重病,不久就离开了人世。

残酷的命运让妈妈彻底崩溃,她每天以泪洗面,沉浸在悲痛中,几乎失去了活下去的勇气。

女儿去世后的第三天,妈妈做了一个奇怪的梦。她梦见自己来到了圣洁的天堂,看到天堂里的人们手捧着点亮的蜡烛,为人间的亲人们祈祷。可是,她突然发现,其中有个小女孩手中的蜡烛并没有点亮。

她好奇地走上前去,这才发现那个女孩正是自己的女儿。她激动得热泪盈眶,一把抱住了女儿。接着,她问道:"我的孩子,你在天堂过得好吗?"

"妈妈,您瞧!"女儿将手中的蜡烛递给妈妈看,然后说道,"只有我的蜡烛是熄灭的,我怎么能好呢?"

"为什么会这样呢?"妈妈问道。

女儿说:"妈妈,天使曾无数次地把我的蜡烛点亮,可是您的眼泪却总把它浇灭啊!"

妈妈伤心地说:"孩子,妈妈失去了最爱的你,怎么能不哭呢?"

女儿握着妈妈的手,一脸心疼地说:"可是,您的眼泪并不能让我活过来,反而让我的蜡烛熄灭了,我因为无法为您祈祷而难过呀!"

妈妈听了女儿的话,赶紧擦干了眼泪。她终于明白,再多的眼泪也无法改变事实,而且还让天堂里的女儿也无法好好生活。

梦醒之后,她整理好心情,把自己对女儿的爱传递到其他孩子身上,用心去帮助更多需要关爱的孩子。从此,她成了一个拥有很多孩子的妈妈,也得到了快乐和满足,她的人生踏上了新的旅程。

花仙子彩笺

生命是可贵的,也是脆弱的,有时候来不及准备,它便画上了休止符。可是,一味地哀叹生命的短暂,惶恐有一天会失去它,只会让它变得更加不堪一击。既然我们无法把握生命的长度,那么,我们唯一能做的就是尽可能地拓宽生命的宽度,把握好现在的每一天,珍爱身边的每一个人,珍惜生命,快乐地生活。

心香一瓣

总有一天,身边的亲人会离开我们。趁现在,我们应该多陪陪他们,多和他们说说话,多为他们做一些力所能及的事,做一个贴心、懂事、有孝心的乖孩子。